KB202274

핸들

이동욱 장편소설

핸들

민음사

차례

"……내가 모든 것이라는 느낌, 그리고 아무것도 아니라는 명백함"

젊은 시절에 나는 우연히 이 문장을 읽게 되었다.

그 문장은 나를 뒤흔들어 놓았다.

— 에밀 시오랑, 김정란 옮김, 『태어났음의 불편함』(현암사, 2020).

낙하물

제한속도를 넘기자 계기판 바늘이 미세하게 떨린다. 곧이어 그 떨림은 차체로 번진다. 물컵에 떨어진 잉크 한 방울처럼 거침없이 내 두려움을 물들인다.

속도는 짐승과 같으니, 그것은 내가 두려워한다는 것을 본능적으로 안다. 그 순간 속도는 뛰어올라 앞발로 내 가슴팍을 밀어 쓰러뜨리고, 목덜미에 송곳니를 박을 것이다. 피가 튀고 살점이 흩어지도록 거칠게 휘저을 것이다.

*

도로에 타이어가 놓여 있다.

자정이 넘었지만 그렇다고 새벽이 되기엔 이른 시간. 거리는 지나치게 고요하고, 참을 수 없게 어둡다. 길가에 늘어선 상점 불빛은 모두 꺼졌다. 낡은 가로등 희미한 빛에 의지해 건물 실루엣이 간신히 그려진다. 서울 변두리, 기껏해야 단층 건물이 이어져 있고, 간간이 버스 정류장 천장에 낡은 형광등이 위태롭게 깜빡인다.

대중교통이 끊긴 시간, 청소차가 미처 수거하지 못한 쓰레기봉투 하나가 가로수 옆에 놓여 있다. 그때 골목길에서 어떤 움직임이 일어난다. 그것은 바닥을 기듯 꿈틀거리더니 어둠을 부풀려 점차 몸집을 키운다. 마침내 고양이 한 마리가 모습을 드러낸다. 제법 몸집이 큰 삼색 고양이다. 이 지역을 잘 아는 듯 걸음걸이가 자연스럽다. 고양이에겐 매일 보는 동네, 익숙한 거리다. 음식물 냄새를 맡은 것일까. 고양이는 쓰레기봉투를 향해 다가간다. 동작에 거침이 없다. 하지만 이내 움직임을 멈추고 한곳을 응시한다. 도로 한가운데 무언가 있다. 동물이 어딘가를 응시할 때는 둘 중 하나다. 사냥감을 발견하거나, 사냥꾼을 감지하거나.

도로에 타이어가 놓여 있다.

왕복 4차선 도로. 중앙선에 무단 횡단을 막는 펜스가 이어져 있다. 타이어는 그 너머 반대편 도로 1차선에 놓여 있다. 일반 승용차에 쓰이는 크기다. 어느 바퀴에서 떨어졌을까. 알 수 없다. 거리에는 드문드문 노상 주차된 차들이 있을 뿐 바퀴가 빠진 차는 보이지 않는다. 타이어는 온통 검다. 아스팔트와 같은 색이다. 표면이 닳아 매끄럽고 군데군데 긁힌 자국도 있다. 보기에 따라 폐타이어 수준이라 할 수 있다. 타이어는 마치 맨홀처럼 보인다. 보고 있으면 정말 그렇게 보인다. 하지만 정작 맨홀은 타이어보다 한참 뒤에 있다. 맨홀 아래에는 도시의 오물이 지나는 배수관이 있다. 타이어는 완벽한 위장으로 자연스럽게 도로에 놓여 있다. 한때 속도를 관장하던 타이어는 이제 정지한 채 지상의 평화를 즐기는가. 오래된 권력을 잃고 물러난 폭군처럼 비루해 보이기도 한다.

못 보던 물체다. 고양이는 한참을 쳐다본다. 흥미를 끈다. 거리는 때로 지저분하고 어지럽기도 했다. 사람들이 무심코 버린 쓰레기가 이리저리 흩어지고, 조악한 조명을 단 입간판이 쓰러져 있기도 했다. 그럴 수 있다. 낮 시간 동안 수많은 사람이 이 거리를 지나다니니. 하지만 이 시간 도로는 깨끗이 비워져 있어야 한다. 저 물체는 너무 당당하게 도로의 한 면적을 차지하고 있다. 둥글지만 고요하다. 멈춰 있지만 거대하다. 이윽고 고양이는 결심한 듯 도로를 건너가려 한다. 본능적으로 냄새를 맡으려 하는 것이다. 하지만 경계를 늦추지 않는다. 금방이라도 쓸 수 있게 발톱 신경을 예민하게 다듬는다. 수염이 한 가닥씩 앞으로 모인다. 근육은 긴장으로 팽팽하다. 앞발을 연석에 내려놓는 순간, 멀리서 자동차 배기음이 들린다. 요란한 소리가 차츰 가까워진다. 무언가 다가오고 있다. 아직 불빛은 보이지 않지만 그것은 이제 곧 코너를 돌아 나타날 것이다. 위협을 느낀 고양이는 미련 없이 몸을 돌려 골목으로 향한다. 하지만 완전히 돌아선 것은 아니다. 곧 무슨 일이 벌어진다. 무언가 일어난다. 온몸에 털이 바늘처럼 솟는다.

인적이 끊긴 시간. 승합차, 버스, 트럭, 도로를 점령하던 수많은 차가 사라진 자리에 정적과 고요함이 남았다. 길게 뻗은 도로는 마치 깨끗이 청소된 복도를 연상시킨다. 매연과 소음이 사라진 도로는 일견 아름답기까지 하다. 이 고요와 평화는 선택된 사람만이 누릴 수 있다. 속도를 만끽하려는 운전자들이 이시간 도로를 질주한다. 제한속도를 넘나들며 시내에서 금지된 스릴을 즐긴다. 우렁찬 배기음과 다르게 아직 자동차는 보이지 않는다. 하지만 이제 곧이다. 사거리 우측에서 검은 물체가 코너를 돌아 모습을 드러낸다. LED 라이트가 아스팔트 표면을 훑으며 빠르게 다가온다. 고양이 눈동자에 하얀 불빛이 스친다. 동공이 좁아진다.

도로에 타이어가 놓여 있다. 가까이 가지 않으면 타이어는 맨홀처럼 보인다. 그 볼륨감이 느껴질 때쯤이면 이미 늦은 것이다. 충돌음이 도로를 흔든다. 도로 중앙 펜스를 부수고 연석에 잇따라 부딪친다. 차는 전복된다. 저항값을 잃은 바퀴가 허공을 문지르다 이내 멈춘다. 엔진 룸에서 오일이 흘러내린다. 뒤집힌 차체에 불꽃이 인다. 한바탕 소동이 지나자 도로는 다시 정적으로 돌아간다. 고양이는 이제 흥미를 잃은 듯 앞발을 핥으며 만족스럽게 기지개를 켠다. 그리고 완벽히 골목 안으로 스며든다. 밤은 아직 한참 남았다. 멀리서 사이렌 소리가 울린다.

소음이 지나면 빛이 낙하한다.
다음 날에도 도로에 타이어가 놓여 있다.

나는 나를 기만한다

사거리에서 나는 자주 방향을 잃는다. 때로 휴대전화 GPS도 기준점을 잡지 못한다. 신호는 정확히 수신되지 않는다. 내게 닿기 전 휘발된다. 차례로 바뀌는 신호를 따라 사람들은 부유하는 먼지처럼 흘러간다. 그리고 나는 교차로에 설 때마다 방향을 잃는다. 어디로 가야 하는지 몰라 한참 동안 서 있곤 한다.

*

빌딩 사이로 태양이 지고, 아스팔트 가장자리로 어둠이 내리면 도시는 얼굴을 바꾼다. 회사원들은 익숙한 듯 하루 업무를 정리한다. 컴퓨터를 끄고 휴대전화를 가방에 넣으며 하나 둘

자리에서 일어난다. 누군가는 약속 장소로 향하고, 누군가는 밀린 업무로 사무실에 남는다. 시간이 흘러 마지막 근무자가 자리에서 일어난다. 겉옷을 걸치고, 슬리퍼에서 구두로 갈아 신는다. 출입문 앞에서 뒤를 돌아본다. 전등 스위치를 누르자 사무실은 순식간에 어두워진다. 하지만 완전한 어둠은 아니다. 도시에서 완전한 어둠은 찾기 힘들다.

모두 퇴근한 사무실은 고요하다. 아무것도 움직이지 않는다. 다만 벽에 걸린 아날로그 시계 안 붉은 초침만이 일정하게 시간을 읽어 간다. 쯧쯧. 자세히 들으면 무언가 못마땅하다는 듯 혀를 차는 소리처럼 들린다.

같은 시간, 나는 방에서 옷을 갈아입고 출근 준비를 한다. 휴대전화 속 대리운전 프로그램을 켠다. 콜창으로 드문드문 콜이 표시된다. 콜 리스트를 근거리 순으로 정렬하고, 배정 거리를 10킬로미터까지 늘려 본다. 반경 10킬로미터 안에서 뜨는 콜이 차례로 보인다. 교통카드를 챙겨 들고 번화가로 향하는 버스에 오른다.

나는 1년 차 대리운전 기사다.

이 일을 하면서 지금까지 나는 일생 동안 만나 볼 모든 유형의 사람들을 만났고, 평생 가 보지 못할 곳을 찾아다녔으며, 상상만 하던 차들을 운전했다. 신발을 보면 그 사람을 알 수 있듯,

차를 운전해 보면 차주의 성향을 알 수 있다. 과시욕 강한 사람, 검소한 사람, 실용적인 사람, 허세가 심한 사람, 꼼꼼한 사람, 강박증이 있는 사람, 게으른 사람. 차주와 대화하는 일은 드물지만, 대신 자동차가 더 많은 얘기를 해 준다. 간혹 운전하다 보면 내게 질문하는 차주들이 있다. 그들은 내 이름과 나이를 궁금해하고, 어떻게 이 일을 하게 되었는지 알고 싶어 한다. 사연은 속에 담고 있을 때 절실하지만, 입 밖으로 내뱉는 순간 진부해진다. 그런 이야기쯤 마음만 먹으면 누구나 만들어 낼 수 있다. 또 누군가는 내 하루 수입과 월 매출을 묻는다. 그리고 마지막에는 언제나 자신도 이 일을 할 수 있을지 의견을 구한다. 나는 말을 아낀다.

타인의 차를 대신 운전하면서 나는 자신을 지우는 법을 가장 먼저 배웠다.

이름을 버리고, 나이를 지운다. 마지막에는 자존심을 버린다. 핸들을 잡고 있는 동안 그 모든 것을 버린다. 그래야 운전에 집중할 수 있다. 상황을 받아들일 수 있다. 하지만 목적지에 도착해 핸들에서 손을 떼는 순간 내가 버린 것들은 한꺼번에 다시 돌아온다.

나는 아직 승객이 많은 버스 안에서 콜을 잡고 고객과 통화하면서 나를 대리기사라고 말하지 못한다. 버스에 탄 사람들이 나를 대리기사로 알아보는 게 싫다. 운행 중에는 고객과 대화하지 않는다. 민감한 주제일수록 더욱 그렇다. 대화에 참여하지 않으면 나는 그 의견에 반대하는 것이다. 반대하는 것일까? 당신을 무시하는 것일까? 한참 동안 동성애를 비난하던 남자는 내가 별 반응을 보이지 않자, "너 게이야?"라며 내 얼굴을 빤히 쳐다봤다. 보수정당을 지지하는 사람에게 나는 철없는 진보주의자였고, 진보정당 지지자에게 나는 고리타분한 보수주의자였다. 나는 종교도, 정치적 신념도 없는 사람이었다. 시선은 전방을 향해 있지만 끝없이 계속되는 도로를 따라 차츰 수분이 빠져나가는 기분이다. 운전을 마치면 항상 목이 마르다. 나는 오랫동안 침을 모아 한 번에 삼킨다. 차에서 내려 다시 거리로 나서면서 나는 내 이름과 나이를 되찾는다. 익숙해져야 한다. 자신을 버리는 것에 익숙하고, 어느 순간 그것을 반드시 되찾는 것에 익숙해야 한다.

　운전하는 동안 많은 것을 쉽게 버렸지만, 그중에 버리기 힘든 것은 되찾기도 어렵다.

　나는 대리운전 기사. 지금까지 수많은 차를 운전했고, 짐작보다 아주 먼 곳까지 갔으며, 다양한 사람들을 만났다. 누군가는 내게 이름과 나이를 물어보고, 여러 사람을 만나는 직업에 대해 묻는다. 피곤하지 않은가 궁금해한다. 그들의 말은 정정할 필요가 있다. 내가 사람들을 만나는 것이 아니라, 사람들이 나를 만나는 것이다.

나는 내가 잃어버린 것을 떠올린다. 사람들이 정말 알고 싶어 하는 것은 그중에 없다.

거리에서 콜을 기다리다 보면 많은 것들이 보인다. 새벽까지 꺼지지 않는 빌딩 사무실 불빛과 도로를 달리는 차들의 헤드라이트, 일정한 간격을 지키는 가로등, 상점들의 네온 간판은 서로 닮았다. 서로 다르지만, 술에 취하면 사람들은 모두 비슷해진다. 비슷한 사람은 있어도 같은 사람은 없다. 취한 사람들은 대부분 감정적이다. 감정을 앞세워 말하고 감정에 따라 믿는다. 감정은 예측하기 어렵다. 방금 화를 내다가도 언제 그랬냐는 듯 웃는다. 끊임없이 혼잣말을 한다. 누군가를 저주하고 스스로 자책한다. 나는 운전하는 내내 그런 감정을 살핀다. 차선을 지키고 신호를 따르면서도 마음은 불안하다. 그들은 감정을 드러내는 데 거리낌이 없지만, 나는 감정을 감춰야 한다. 들켜서는 안 된다. 손님과 분쟁이 생겼을 때 고객 센터는 언제나 고객 편이다. 돈을 지불하는 쪽 의견이 우선이다. 그들의 말은 의미나 사실 이전에 자본이라는 신뢰를 갖는다. 대리기사들은 대부분 이 사실을 잘 알고 있다. 우리에게 권리는 너무 멀고 적용하기에 복잡하다. 대신 요령은 빠르고 효과적이다.

— 내일이 대출금 상환인데, 어떻게 하지? 돈을 또 어디서 구하지?

— 네, 부장님. 집에 도착하는 대로 메일 보내겠습니다. 이제 가는 길입니다. 주말인데도 차가 별로 안 막히네요. 감사합니다. 다음엔 제가 좋은 곳으로 모시겠습니다. 아닙니다. 별말씀을 다 하십니다. 제가 더 감사하죠. 네. 네. 들어가십시오……. 개새끼. 툭하면 주말에 사람을 불러내고 지랄이네. 너도 이제 다음 달이면 끝이다.

— 그 말은 하는 게 아니었는데. 술이 문제야. 내일 어떻게 말하지? 이번 주는 또 어떻게 버티나. 아, 씨발 병신 새끼.

— 기사님, 이거 가실 때 교통비 하세요. 여보세요? 자기야, 나 이제 끝났어. 피곤해 죽겠어. 자기야, 나 이제 도착해. 그래. 우리 집에서 한잔 더 하자. 빨리 넘어와. 나? 괜찮아. 남편 다음 주까지 출장이야. 그렇다니까. 그래, 이따 봐.

— 개 같은 것들. 자기들이 뭐라고. 병신 같은 것들. 잘 알지도 못하면서 이래라저래라 입만 살아서 떠들고 지랄이야.

— 아들, 아빠가 다음 주에는 꼭 갈게. 미안해. 이번 주는 아빠가 너무 바빴어. 아들도 엄마 말 잘 듣고. 나도 사랑해.

나는 운전을 할 뿐 그들과 대화하지 않는다. 하지만 이야기는 내 안에 쌓여 간다. 대부분은 쓸모없다. 쓸모없는 이야기는 어디로도 가지 않는다. 적막한 밤 한가운데 내리는 눈처럼, 다만 조용히 쌓여 갈 뿐이다. 그리고 바람이 불면 익명으로 흩어진다.

어둠이 내리면 불빛이 돋아난다. 그 안에 저마다 사연을 가진 사람들이 흔들린다. 불빛은 작고 은밀하며 내면적이다. 그리고 나는 그것들을 스쳐 간다.

때로 생각해 본다. 미래를 알 수 있다면 얼마나 좋을까. 헤드라이트가 닿지 않는 저 너머, 어둠이 웅크린 도로 끝에 무엇이 있는지 알고 싶다. 장애물이 있지 않을까. 트럭이 떨어뜨린 낙하물이나 취객이 누워 있을지 모른다. 혹은 영화에서 보듯 깎아지를 듯한 절벽으로 추락할 수도 있다. 눈을 부릅뜨고 쳐다봐도 저 너머는 보이지 않는다. 어둠은 견고한 벽으로 버티고 있다. 가로등이 빈약한 교외로 향할 때마다 두렵다. 빛의 간격은 너무 멀어 어느 순간 라이트 불빛 말고는 아무것도 보이지 않는다. 코너를 돌 때마다 도로를 향해 무언가 튀어나올 것 같다. 하지만 핸들을 놓치면 안 된다. 그 생각만으로 나는 손에 힘을 준다. 줄에 매달린 사람처럼 핸들을 꽉 붙든다.

하루에 다섯 콜을 수행한다면, 다섯 대의 차를 운전한다는 뜻이고, 다섯 명의 사람을 만난다는 의미다. 운전을 업으로 한다고 해서 사고를 피할 수 있는 것은 아니다. 그리고 사고에서 멀지 않은 곳에는 늘 죽음이 기다린다. 매 순간 핸들을 잡을 때마다 불안의 어깨에 손을 얹는 기분이다.

차에 타는 순간부터 나는 차에서 내리고 싶다. 어서 이 일이
마무리됐으면 한다. 신호에 걸리는 것이 싫다. 가급적 빠른 길로
가려 한다. 느리게 가는 차들이 답답하다. 도로에서 느긋하게
시간을 보내는 것들이 싫다. 술 취한 낯선 이와 차 안에 함께 있
는 것이 어색하다. 고량주 냄새와 배 속에서 음식물이 발효되는
냄새가 차 안에 가득하다. 환기는 어렵다. 벗어나고 싶다. 이곳
은 속도가 지배하는 전장. 강하고 빠른 자만이 무사히 목적지
에 도달할 수 있다. 나는 그러지 못한다.

운전석에 앉으면 타인의 껍질 속에 들어온 느낌이다. 잠시
동안 나는 차주가 되어 그의 차를 움직이는 것이다. 차도 그것
을 느끼는 걸까.

선릉역 뒷골목. 유흥가 밀집 지역. 콜을 받고 도착하자 벤츠
E클래스 익스클루시브가 삼각 별을 반짝이며 서 있다. 일행이
대신 불러 준 콜이었다. 남자는 잘 부탁한다며 요금을 미리 건
넸다. 뒷좌석에 앉은 차주는 이미 만취였다.

운전석에 앉자 상체가 급하게 뒤로 젖혀진다. 그는 평소 반
쯤 누운 상태로 운전한다. 고개를 한껏 젖히고 시선을 내리깔면
서 도로를 관망한다. 페달에 발이 닿지 않는다. 그는 나보다 키
가 크다. 안전벨트 체결 부위에 이미 클립이 꽂혀 있다. 클립을

뽑아 수납함에 넣은 뒤, 안전벨트를 늘여 꽂는다. 그는 평소 안전벨트를 하지 않는다. 운전할 때 억압받는 느낌을 싫어하는 걸까. 정체된 도로를 견디기 힘들어할 것이다. 엔진 스타트 버튼 프린팅이 닳아 있다. 다른 공조기 버튼도 마찬가지. 그는 성격이 급한 편이다. 운전석에 앉는 것만으로도 나는 이미 그를 알 것만 같다.

브레이크페달에 발을 얹고 스타트 버튼을 누르자 낮은 엔진음이 차체를 흔든다. 핸들을 돌려 주차장을 빠져나온다. 노면에 미끄러지는 타이어 소리가 길게 이어진다. 액셀로 발을 옮긴다. 지그시 누른다. 미션이 바뀌며 엔진음이 달라진다. 발바닥으로 생소한 저항감이 전해진다. 차들은 저마다 연식이 다르고 관리 상태가 다르다. 나는 최대한 차주와 같은 느낌으로 차를 운전한다. 차가 느끼지 못하게. 하지만 나는 충분히 느끼고 있다. 그 느낌은 언제나 나를 기만한다.

에어컨을 켜자 송풍구에 달린 프로펠러 장식이 돌아간다. 대시보드에도 작은 비행기 장식이 놓여 있다. 활주로처럼 곧게 뻗은 반포대교에 접어들어 나는 속도를 높인다. 차 안에 방향제 향기가 가득하다. 엠비언트 불빛이 은은하게 번진다. 프로펠러는 더 빠르게 돌아간다. 나는 고요한 명상에 빠진다. 내게도 그런 날개가 있었다.

기억하는 유년 시절, 나는 바닷가 옆에 살았다. 초등학교 옥상에서는 언제나 유조선을 볼 수 있었다. 기름을 가득 실은 배가 쉴 새 없이 공장 옆 항구로 드나들었다. 태평양에서 밀려온 파도는 유난히 파랗고 거칠었다. 사생 대회 소재는 언제나 바다였다. 스케치북을 말아 쥘 때마다 마르지 않은 물감이 묻었다. 손가락을 비비면 파도 소리를 들을 수 있었다.

수업을 마치면 백사장에서 놀았다. 젖은 모래를 파내어 구덩이를 만들었다. 파도가 물러나면 그 안에 바닷물이 고였다. 순하고 깨끗했다. 다음 구덩이를 파면서 고개를 들었다. 파도가 아픈 곳을 찾는 손처럼 다가왔다. 포말은 파도 위에서 빛났다.

나는 바다와 백사장 경계에서 놀았다.

방파제는 바다를 향해 길게 뻗어 있었다. 바위에 걸터앉아 신발을 털어 낸 뒤 방파제 끝까지 뛰었다. 맞물리지 못한 테트라포드 사이는 깊고 어두웠다. 낚시꾼 하나가 그 안에 갇혀 죽은 일이 있다. 어른들이 말했다. 이끼를 밟고 미끄러진 낚시꾼은 테트라포드 사이로 떨어지며 허리와 어깨를 다쳤다. 몸을 제대로 가누기 힘들었다. 깊은 밤이었다. 그날 밤 태풍이 상륙했다. 쉴 새 없이 비가 쏟아졌다. 바다 위를 달려온 바람은 테트라포드 사이를 빠져나오며 기괴한 소음을 만들었다. 남자의 발목은 바위틈에 끼어 빠지지 않았다.

어두운 물이 차츰 허벅지를 지나 가슴을 적실 동안 그는 밤

새 고함을 질렀겠지. 나는 가끔 그가 밤새 내지른 소리를 상상한다. 욕을 했을까, 사정했을까, 비굴하게, 처절하게, 절실하게, 사과했을까, 분노했을까, 갚지 않은 외상값과 장부에 적지 않고 몰래 빼돌린 물고기와 잔소리가 많은 아내에게, 거추장스러운 부모와 되바라진 자식들에게.

사건이 있은 뒤 방파제에는 낚시 금지 표지판과 함께 한동안 철책이 설치되었다. 오래전 일이다. 발을 옮길 때마다 테트라포드 사이로 깊은 골이 스쳤다. 죽음이 발바닥을 핥았다. 나는 한 번도 미끄러지지 않았다. 방파제 끝에 앉아 있으면 테트라포드 사이로 난 구멍을 통해 바람 소리가 울렸다. 나는 입술을 동그랗게 말았다. 휘파람으로 그 소리를 따라 했다. 입안에 누군가 있는 것 같았다.

백사장 끝으로 공장이 보였다. 꽤 먼 거리였지만 길게 뻗은 백사장에서는 가깝게 느껴졌다. 손가락을 세워 공장 굴뚝과 나란히 놓았다. 곧게 솟은 굴뚝에서는 종일 흰 연기가 피어올랐다. 손가락에선 짠맛이 났다.

해변가로 죽은 물고기가 밀려오기도 했다. 상처를 밀어내듯이 바다는 죽은 물고기를 해변으로 밀어낸다. 아가미에는 어김없이 바늘이 걸려 있었다. 물고기는 파도의 힘을 이기지 못했다. 죽은 물고기는 물에 뜬다. 죽음은 어디서든 자신을 드러낸다.

가끔은 불가사리가 떠내려온 적도 있었다. 불가사리는 느리게 움직였다. 보고 있으면 공기가 무거워졌다. 그 움직임은 무언가를 일깨우기에 충분했다. 느리게 움직이는 것, 꿈틀거리는 것들. 발바닥에 모래가 박히는 것을 느끼며 한참 동안 불가사리를 내려다보았다. 주머니에서 나무젓가락을 꺼내 뒤집었다. 불가사리는 쉽게 뒤집혔다. 짙은 암갈색의 등과 달리 배면은 선홍빛이었다. 불가사리는 다섯 개의 팔을 움직여 무언가를 붙잡으려 했다. 공중에 들린 흡반의 처연함을 보았다. 작은 입술을 삐끔거리듯 움직였다. 그것을 들어 바다로 던지고 싶었다. 포물선을 그리며 날아가면, 불가사리는 제 몸이 그리는 힘을 이기지 못할지 모른다.

다음 순간, 나는 강렬한 요의를 느꼈다. 몸속에서 무언가 급격하게 밖으로 빠져나오고 싶어 했다. 아랫배가 따끔거리더니 곧 간지러웠다. 화장실은 너무 멀리 있었다. 소변이 아니었다. 방금 화장실을 다녀왔다. 이것은 내 안에 있지만 내 것이 아닌 무언가다. 그것이 감각을 기만하고 있는 거다. 무릎을 굽힌 채 앉아 있으니 참을 수 없던 요의는 금세 사라졌다. 일어서며 양손을 부딪쳐 모래를 털었다. 멀리서 빛나는 공장 불빛을 쳐다보았다. 밤이 되면 공장 굴뚝은 보이지 않고 무수한 불빛이 어둠을 배경으로 빛나곤 했다. 나는 주먹 가득 모래를 움켜쥐고 바다를 향해 던졌다. 그리고 방풍림으로 조성된 소나무 숲을 지나 집으로 돌아왔다.

권투 글러브를 갖고 싶었다. 큰 주먹이 필요했기 때문이다. 빨간색 글러브는 손에 너무 컸지만, 나는 권투 글러브를 양손에 끼고 거울 앞에서 포즈를 취해 보곤 했다. 거울을 노려보며 그 안에 서 있는 상대에게 알 수 없는 적의를 던져 보는 거다. 오른팔과 왼팔을 번갈아 앞으로 뻗으며 주먹에 맞아 저만치로 쓰러지는 상대를 상상했다. 손가락이 느끼는 글러브의 질감에는 무언가 근사한 것이 숨어 있는 것 같았다.

평소 글러브는 끈으로 묶인 채 옷걸이에 매달려 있었다. 내키가 벽에 걸린 옷걸이보다 커진 어느 날, 나는 끈을 풀고 글러브 안으로 손을 집어넣었다. 그것은 지금의 나와 어린 시절의 내가 가지는 내밀한 악수 같은 것이었고, 어떤 갈망에 대한 확실한 실감으로 각인되었다.

그 무렵, 금속으로 만든 커다란 비행기가 공중에 뜰 수 있다는 것은 나에게 항구로 드나들던 배와 같은 경이로움이었다. 비행기를 보기 위해 내내 고개를 들고 다녔다. 책상 선반에 진열된 비행기 모형 세트는 아빠가 출장을 다녀올 때면 하나씩 사오던 것이었다. 아빠는 언제 와? 아빠는 출장 중이야. 아빠의 잦은 부재를 궁금해할 때마다 엄마가 일러 주었다. 뜻은 몰랐지만 '출장'이라는 단어는 발음할 때 느낌이 좋았다. 뭔가 미래적이고 근사하다. 의심 없이 고개를 끄덕였다. 가정통신문 아버지 직업란에 '해외 출장'이라고 적기도 했다. 손가락만 한 모형 비행기는 조금씩 책상에서 영역을 넓혀 갔다. 그 '출장'이 티브이 속에 나오는 비즈니스맨들처럼 어느 먼 외국을 다녀오는 해외 출장이 아니라는 사실을 알게 된 것은 장례식장에서였다. 아빠는 화물차 운전기사였다.

운송업을 하는 그는 집을 비우는 시간이 많았다. 서울과 지방을 오가며 수많은 화물을 실어 날랐다. 빈 차로 복귀할 수 없어 수지에 맞지 않는 일도 마다하지 않았다. 밤늦게 지방 하역장에 도착할 때면 여관비를 아낄 요량으로 트럭 뒤 빈 공간에서 쪽잠을 청했다. 여름엔 모기가 극성이었고, 겨울엔 추위와 싸워야 했다. 제때 샤워를 하지 못해 몸에선 항상 쿰쿰한 냄새가 났지만, 집에 돌아가기 전에는 꼭 목욕탕에 들렀다. 아들과 아내가 잠든 이불을 들추면 달콤한 살냄새가 났다.

운송 작업은 대부분 심야 시간을 이용했다. 야간 도로는 정체가 없어 빠르게 움직일 수 있고 무엇보다 톨게이트 비용을 아낄 수 있다. 주위는 온통 칠흑 같은 어둠이다. 휴게소를 빠져나온 지 얼마 지나지 않아 가로등 없는 구간에 접어들었다. 도로는 안개에 젖어 있었다. 그는 전조등 불빛을 조정했다. 지금까지 몇 번이나 지나다닌 길이다. 전조등 불빛이 반듯하게 뻗은 고속도로를 비추고, 15톤 트럭 엔진이 분주하지만 정확하게 돌아간다. 엔진음이 차내를 가득 메울 때면 마치 자신이 활주로를 달리는 파일렁이 된 듯했다. 아들에게 선물한 비행기 모형이 트럭 대시보드 위에도 있다. 아빠는 해외 출장 중이니까. 아들은 자랑스럽게 말했다. 그는 비행기를 타 본 적이 없었다. 지방 온천으로 다녀온 신혼여행이 인생 첫 여행이었다. 요즘은 동남아 정도는 쉽게 다녀오던데. 비행기는 어떤 기분일까.

터널을 빠져나오자 길게 뻗은 내리막길이 완만한 곡선을 그리고 있었다. 도로는 활주로처럼 텅 비었다. 알피엠이 치솟을수록 트럭은 바닥에 달라붙었다. 속력을 높이며 조금만 더, 조금만 더, 자신도 모르게 액셀에 힘을 실었다.

가속이 붙으면 구름 위에 앉은 듯 몸이 가벼워지기도 했다.

눈을 감으면 감각은 더 선명해졌다.

장례식장에 찾아온 회사 관계자는 두 사람이었다. 그들은 '졸음운전'과 '전방 주시 태만'이라는 단어를 힘주어 말했다. 회사가 부담할 손실액도 만만치 않다고 했다. 사람이 그럴 수는 없는 거다. 사람이라면, 니들도 사람이라면 그럴 수는 없다. 엄마는 머리를 산발한 채 몇 번이고 같은 말을 반복했다. 반복하다가 쓰러졌다. 사람들이 모여들어 그녀를 부축했다. 회사 사람들은 미동도 없이 그녀를 내려다보았다. 한쪽이 다른 쪽에게 귓속말을 전하고 함께 고개를 끄덕였다. 들고 있던 서류를 가방에 넣더니 돌아갔다.

나는 복도 끝 소파에 무릎을 세운 채 앉아 있었다. 소파 가장자리를 손톱으로 긁었다. 긁다 보니 틈이 생기고, 틈은 점점 넓어졌다. 몸을 숨기기에는 턱없이 부족했다.

합의는 삼촌과 진행됐다. 엄마는 사망보험금으로 변두리에 작은 식당을 열었다. 나는 침 뱉는 버릇이 생겼다.

이사 전날, 선반에 놓인 비행기 모형을 하나씩 상자에 담았다. 선반에는 먼지가 가득했다. 모형을 모두 치우자 바닥에 비행기 윤곽이 남았다. 그림자다. 나는 생각했다. 그리고 잠시 후 손으로 바닥을 쓸었다. 그림자는 모두 먼지가 되었다.

밤마다 같은 꿈을 꾸었다. 활주로를 달리던 비행기가 뜬다. 그것은 생각보다 간단하다. 바퀴를 접고 매끈한 배면을 보인다. 비행기는 대기권을 날아간다. 길은 우주와 지구 사이에 있다. 비행기는 옷소매를 빠져나가는 손처럼 그 사이를 지나간다. 꿈에서 깨면 눈이 무거웠다. 학교에서 돌아올 때마다 하늘에 남은 비행운을 오래도록 쳐다보았다. 나는 그 기억을 아무에게도 말하지 않았다.

폐소공포증에 대한 소수 의견

기억은 오래전이었지만, 감각은 매번 새롭다. 그날 이후 증상은 예고 없이 시작된다. 공간이 축소되고 있다. 아무도 나를 찾아오지 않는다. 이미 이곳에 너무 오래 있었다. 유감스럽게도 거주하는 사람으로서 나는 아무 권리를 갖지 못한다. 축소되는 느낌이다. 작아지고 있다. 어디까지? 씨앗이라면 어떨까? 겨자씨, 포도씨, 복숭아씨만큼 작아진다. 그것은 말로 하지 않아도 알 수 있다. 느낌만으로 알 수 있다. 그렇지 않은가.

이곳에 너무 오래 서 있었다. 많은 사람이 나를 주시하고 있다. 곁눈질로 나를 살핀 채 어딘가로 전화하는 사람도 있다. 하지만 알 수 없다. 불안은 너무 많은 곳에 존재하며 나를 작아지게 한다. 일상에서 벗어나게 한다. 공간이 줄어든다는 것은 또 다른 공포이다. 나를 얼어붙게 한다. 호흡과 맥박이 경쟁하듯 빨라지며 서로를 뒤쫓지만 결코 만나지 못한다.

*

지하차도로 진입하는 차들이 간격을 유지하고 있다. 일사불란하게 대형을 이룬다. 지휘자 없이도 도로에 리듬을 만든다. 신호를 지나, 거리를 지나, 풍경은 끊임없이 변하지만 앞 차와 거리는 일정하다. 그 간격 안에서 안전이 보장된다. 만약, 앞차가 갑자기 멈춘다면, 나는 이 거리 안에서 제동을 마쳐야 한다. 뒤꿈치를 고정한 채, 오른발은 가속페달에 놓여 있지만 언제라도 브레이크페달로 옮길 준비를 한다. 발등에 긴장이 차갑다. 순간 맞은편 언덕을 넘어오는 헤드라이트 불빛이 눈을 찌른다. 눈앞이 시큰해진다. 불빛은 아무 가책 없이 눈을 찌른다. 눈물이 고인다. 시야가 흐려진다. 눈을 감으면 눈꺼풀에 하얀 반점이 남는다.

휘어진 비탈길을 따라 남선 1호 터널로 향한다. 요금소 앞 가벼운 병목현상을 지나 터널 입구로 진입한다. 소음은 입구에서 잠시 사라졌다가 다시 커진다. 터널 안에서는 모든 소리가 울린다. 자동차 배기음, 타이어가 바닥에 닿는 마찰음이 공명한다. 소음과 소음이 만나 증폭된다. 터널을 빠져나오자 한남대교로 향하는 고가도로가 나타난다. 고가도로를 앞두고 우측에서 끼어드는 차량이 많다. 어느 쪽으로 들어올 것인가. 내 앞으로? 뒤로? 시선은 사이드미러와 룸미러를 번갈아 살핀다. 잠시 한눈파는 사이 라이트 불빛이 쉴 새 없이 가까워졌다 멀어진다. 나는 도로의 엔트로피를 줄이는 데 집중한다. 삶에는 질서가 있지만 죽음은 무질서하기 때문이다.

대리기사는 기본적으로 운전에 필요한 최소한의 동작과 조작만 가능하다. 음악을 바꿀 수 없고, 뒷좌석으로 고개를 돌릴 수 없다. 시선은 언제나 전방을 향해 있지만 또 다른 시선을 느낀다. 뒷자리에 앉아 내 뒤통수를 바라보는, 혹은 대시보드 위 휴대전화에 띄워 놓은 내비게이션을 쳐다보는 차주의 시선을 느낀다. 확인할 수 없지만 느낄 수 있다는 점에서 이건 마치 유령과 같지 않은가. 그렇다면 나는 유령과 함께 운전하고 있는 것인가. 그것은 내가 알지 못한다는 이유로 내 의식을 함부로 점령한다. 어떤 공포가 때에 맞춰 찾아왔다. 그리고 조금씩 나를 지워 갔다. 일단, 저 앞을 달리는 차가 급정거한다. 나는 안전거리를 충분히 넓히지 못했다. 브레이크를 밟는다. 상체가 앞으로 기울어진다. 앞차를 들이받는다. 보닛에서 연기가 피어오르고, 어쩌면 에어백이 터질 수도 있겠지. 혹은 갑자기 끼어드는 차를 피해 핸들을 돌리다 반대편 차선에서 달려오는 차와 부딪칠 수도 있다. 충돌 직전, 우리는 놀람과 경악에 찬 서로의 얼굴에서 무엇을 보게 될까. 마지막이 될지도 모르는 서로의 얼굴을 기억할 수 있을까.

그날 그 콜은 타는 게 아니었다. 그곳을 다시 찾은 건 실수였다.

차주는 말이 없었다. 전화를 받지 않았고, 도착 후 내 인사에 대꾸도 하지 않았다. 고객이 먼저 말 걸지 않으면 나도 말하지 않는다. 그 콜을 수행하면서 우리는 서로 한마디도 나누지 않았다. 주차를 하고 차에서 내릴 때까지 나는 그의 목소리를 듣지 못했다.

콜을 잡고 전화를 걸었다. 받지 않았다. 대략적인 위치를 확인하고 일단 걸음을 옮겼다. 걸어가며 다시 전화를 걸었다. 목적지는 잠실 아산병원 장례식장. 가격은 5만 원. 나쁘지 않다. 시청에서 남대문을 지나 봉래동 골목으로 접어들었다. 다시 전화를 걸어 보려는 찰나, 차량 번호가 적힌 문자가 왔다. GPS 화면에 고객 위치와 내 위치가 겹쳐졌다. 도착했다. 가로등 불빛이 닿지 않는 골목길 안에 검은색 BMW가 웅크리고 있었다. 나는 번호판을 확인하고 노크한 뒤 운전석 문을 열었다. 코르크 마개를 열듯 차 안 공기가 순식간에 빨려 나왔다. 나는 운전석에 앉아 시동을 걸었다.

차가 너무 조용하다. 정차 중에는 마치 진공 속에 들어와 있는 듯하다. 내 숨소리마저 거슬릴 정도다. 나는 입을 벌려 조용히 숨을 내뱉는다. 얼핏 초침 소리가 들린 것 같다. 차주가 남자인지 여자인지 알 수 없다. 차 안에는 알코올 냄새도 화장품 냄새도 나지 않는다. 단지 숨을 오랫동안 들이마시면 그 끝에서 희미한 스킨 냄새가 스친다.

아산병원 진입로는 길었다. 몇 년 전 이 길을 지나다닌 적이 있다. 그때 아내는 이곳에서 수술을 받았다. 이후에도 추적 검사와 경과 보고를 위해 1년에 한 번씩 찾았다. 수술부터 퇴원까지 나흘이 걸렸다. 아내가 잠든 시간이면 나는 장례식장 로비에서 시간을 보냈다.

일반 병실에는 수많은 감정이 뒤섞여 있다. 수술 경과에 대한 불안, 혹시 모를 기대, 무책임한 희망과 대책 없는 낙관, 자기 비하와 원망이 어둡고 불길한 기운이 되어 침상과 침상을 넘어 복도로 흘러넘친다. 하지만 장례식장에는 오직 하나의 결과만 남아 있다. 한 사람의 죽음은 모든 감정을 빨아들인다. 그리고 어떠한 책임도 지지 않는다. 대형 병원 장례식장답게 로비에는 창백한 형광등 불빛과 깨끗하게 닦인 복도, 묵직하고 과묵해 보이는 소파가 있다.

그날도 나는 장례식장 로비 소파에 앉아 시간을 보내고 있었다. 아내의 수술 경과는 좋았다. 내일이면 퇴원 수속을 거쳐 집으로 돌아갈 것이다. 나는 눈을 감고 소파에 체중을 실었다. 가죽 소파는 깊숙이 가라앉았다. 이대로 바닥까지 닿는 게 아닌가 싶을 때 부드러운 탄력으로 지지대를 만들었다. 마치 공중에 떠 있는 기분이었다. 병실 간이침대에서는 잠을 제대로 이루지 못했다. 어떤 도움이 필요할지 몰라 항상 눈과 귀를 열어 놓고 긴장된 상태를 유지했다. 이제 끝이다. 수술 경과를 기다리며 긴장되었던 근육이 차츰 이완되고 있었다. 몸의 가장 먼 지점부터 차례로 힘이 빠지는 걸 느꼈다. 호흡이 느려지고 맥박 간격이 길어졌다. 나는 눈을 감고 소파에 모든 체중을 실었다. 그리고 나는 곧 아무것도 느끼지 못했다. 공기는 따뜻하고, 조명은 적당하다. 일상적이고 예측 가능한 소음만이 간간이 들릴 뿐, 내 휴식을 방해할 만한 요소는 아무것도 없었다.

순간 한곳에서 웅성거리는 소리가 들리기 시작했다. 낮고 빠르다. 누군가 단호하지만 강압적인 목소리로 무언가를 지시하고 있었다. 곧이어 바퀴 달린 침상이 바닥면을 따라 급하게 움직이는 소리가 로비를 가득 채웠다.

차르르르.

장례식장 로비에서 예상할 수 없는 소음이었다. 나는 눈을 떴다.

시체가 운반되고 있었다.

동선에 혼선이 있었을 것이다. 급하게 계획이 변경되었을 수도 있다. 인수인계 과정에서 전달이 잘못되었을지 모른다. 어쨌든 이렇게 무방비로 시체를 노출시킬 수는 없는 일이다. 하지만 그날은 그랬다. 로비에 있던 사람들 시선이 한곳으로 집중되었다. 그것은 흰 포대로 싸여 있어 마치 누에고치처럼 보였다. 하지만 누가 봐도 그 실루엣은 사람의 형체를 하고 있었다. 사람들은 황급히 시선을 돌렸다. 어린아이 하나가 큰 소리로 물었다. 저건 뭐야? 덕분에 더 많은 시선이 집중되었다. 부모가 급하게 아이 손을 잡아끌었다.

누군가 등 뒤에서 내 얼굴에 비닐을 씌운다. 길고 질긴 비닐이다. 그 위로 내 얼굴 윤곽이 드러난다. 숨이 막힌다. 나는 입을 크게 벌린다. 혈관이 터질 듯 부풀어 오른다. 얼굴의 모든 구멍이 들썩인다. 비닐은 벗겨지지 않는다. 비닐은 무척 질기고 그것을 잡고 있는 힘은 완강하다. 나는 지렁이처럼 몸을 비튼다.

시체를 실은 침상이 다가온다. 거침없이 내 앞으로 다가오고 있다. 잘못된 동선을 빠르게 지나칠 심산이다. 유니폼 입은 직원들은 망설이지 않는다. 나는 흰빛에 붙잡혀 움직이지 못한다. 차르르르. 그것은 점점 내게 가까워진다. 몸을 일으켜 이 자리에서 벗어나고 싶지만, 신경은 의식의 명령을 제대로 수용하지 못한다. 무언가 중요한 것을 찾고 있지만 주머니는 너무 깊고 어두워, 내 손은 빈 공간만 휘젓고 있다. 참을 수 없는 요의가 허벅지를 간지럽힌다. 호흡이 짧아진다. 공기가 종이처럼 얇아졌기 때문이다. 혀가 말려들어 소리가 나오지 않는다. 알리고 싶지만 아무도 내 희박함을 알지 못한다. 흰 천으로 둘둘 말려 있는 사람은 누구인가. 저 안에 갇힌 사람은 내가 아닌가. 움직일 수 없다는 점에서 같지 않은가. 눈앞으로 기이한 상형문자들이 떠다닌다. 벽에 새기듯 몸에 그려진다. 읽을 수는 있지만 발음할 수 없는 기호와 문자 들이 온몸을 기어다닌다. 나는 그것을 본다. 보면서 기록한다. 누가 언제 이것을 확인할 것인가. 저것은 남자이자 여자이고, 소년이자 소녀다. 노인이었다가 개가 되고, 갈기를 휘날리는 말이었다가 지렁이가 된다. 마침내 그것은 형체를 바꾸던 모습 그대로 굳어 버린다.

죽은 이가 누워 있는 침상은 내 앞을 지나 반대편 엘리베이터 안으로 사라졌다. 잠시 정지되었던 사람들은 이내 걸음을 옮기고 담소를 나눴다. 마치 죽음의 기운을 떨쳐 버리려는 듯 제스처는 과장되었고, 목소리는 한층 더 커졌다.

나는 다시 눈을 감았다. 그 안에는 길고 가는 흰빛이 오랫동안 떠다니고 있었다. 손바닥으로 얼굴을 가리자 손바닥과 얼굴 사이에 어둠이 가득 찬다. 얼굴은 어둠 속에서 휘어진다. 형체를 잃고 뭉개진다. 얼굴은 표정을 버리고 단순해지려 한다. 솟아 있던 굴곡을 버리고 넓게 가장자리를 벌린다. 작은 조약돌을 만지는 기분이다. 손가락 아래로 매끄러운 표면이 지나간다.

휴대전화 벨 소리가 들린다. 경적 소리가 지나간다. 바로 앞까지 다가왔다가 차츰 멀어진다. 다시 가까워진다. 반복되는 것. 파도 소리는 해변을 떠나지 않는다. 손가락에 힘이 풀리고 조금씩 벌어진다. 그 사이로 빛이 들어온다. 나는 가까스로 눈꺼풀을 들어 올린다. 문득, 낯선 인기척이 다가온다. 멀어지기를 기다리지만 그것은 어느새 바로 옆에 멈춰 선다. 귓가에 낮은 숨소리. 나는 질문을 기다리는 사람처럼 듣는다.

그래, 그렇지. 뭐가 보여?

눈앞에 한없이 곧게 뻗은 도로가 펼쳐진다. 그 소실점을 향해 한 무리의 차들이 질주하고 있다. 나는 무리에 속해 있으면서 무리에서 벗어나고 싶다. 가장자리부터 차선은 한 칸씩 줄어든다. 어둠 속으로 가라앉는다. 나는 사라지고 싶지 않다. 소실점은 금방이라도 꺼질 듯 희미하다. 사라지기 전 그곳에 닿고 싶다. 나는 액셀을 힘껏 밟는다.

증상은 예고 없이 시작되었다. 다음 날 나는 경부고속도로 하행선을 달리고 있었다. 목적지인 용인 동백동까지 30분 이상 주행해야 한다. 차주는 이미 뒷좌석에 가로로 누워 뻗어 있다. 한남대교 남단에서 고속도로로 진입하는 순간부터 이상한 느낌이 들었다. 처음엔 노면에서 올라오는 진동이라 생각했다. 몸이 흔들린다. 가만히 앉아 있는 내 몸이 흔들린다. 가벼운 여진이 몸을 관통하고 있다. 그 자리에 현기증이 돈다. 양재IC를 지날 즈음 길고 완만한 언덕길 맞은편 상행선 도로를 달리는 차들의 헤드라이트 불빛이 차례로 날카롭게 빛났다.

하나, 둘, 셋.

하나, 둘, 셋.

반복되는 불빛. 밀폐된 공간. 나는 움직이고 있지만, 동시에 나는 정지해 있다. 고개를 돌려 보지만 보이는 건 어두운 창밖, 견고한 벽처럼 다가왔다 멀어지는 어둠의 농도. 사방이 막힌 곳에서 마침내 검은 벽들이 나를 알아본다. 가까이 다가온다. 동공이 확장된다. 미약한 나는 점점 줄어들어 하나의 점으로 변한다. 벌써 변했는지 모른다. 가슴이 먹먹하다. 맥박이 불규칙하다. 입을 벌려 보지만 숨이 막힌다.

어떻게 벗어날 것인가. 벗어날 수 있을 것인가. 알 수 없다. 알 수 없는 사실이 다시 나를 옭아맨다. 둥글게 고리를 만들어 불안이라는 벽에 걸어 둔다. 나를 걸어 둔다.

맥박이 제멋대로 뛰기 시작한다. 기도가 부풀어 숨이 막힌다. 공기는 두꺼운 밀도를 지니고 코를 가득 채운다. 나는 당장 자리에서 일어나고 싶다. 운전석을 벗어나고 싶다. 몸 안에서 무언가 용수철처럼 튀어 오르는 기운을 느낀다. 그리고 반복되는 불빛.

하나, 둘, 셋. 나는 세 번째에서 이곳을 벗어날 것이다.

하나.

핸들을 움켜쥔다.

둘.

눈을 감는다.

셋.

눈을 뜬다.

핸들

손을 올려놓고 있으면 핸들의 모든 면을 만질 수 있다. 완벽한 원형이 그렇듯, 처음과 끝이 만난다. 마지막이라고 생각했던 곳에서 다시 시작한다. 정치적으로 좌우도 없고, 경제적으로 위아래도 없다. 이상적으로 평등하다.

유턴 구간을 빠져나오며 핸들에서 손을 살짝 놓는다. 손바닥 안에서 핸들이 돌아가며 제자리를 찾는다. 그때마다 내게서 무언가 빠져나간다.

핸들은 둥글고, 둥근 것은 바퀴를 연상시킨다. 핸들은 방향을 결정한다. 방향에 대한 알레고리는 다양하다. 내게 방향은 관념이 아니다. 핸들이 돌아간다. 바퀴가 굴러간다.

*

대리운전

　우리나라에 처음 대리운전이 시작된 것은 1981년 음주단속이 본격적으로 시행되면서다. 국토교통부에 따르면 2020년 대리운전 일에 종사하는 기사 수는 약 16만 명으로, 이들은 하루 평균 다섯 건의 콜을 수행하고 있다. 대리운전 시장 규모는 2조 7000억 원으로 추산된다.

　자동차 보급률은 꾸준히 증가하여 현재 등록된 차량은 2500만 대로 이는 국민 두 명 중 한 명은 차량을 소유하고 있음을 의미한다.

　매년 음주 운전에 대한 위험성을 알리고 경찰을 통해 음주단속을 실시하고 있지만, 음주 운전으로 인한 사고는 끊이지 않고 발생한다. 2021년 한국도로교통공단 자료에 따르면 지난 5년간 음주 운전 사고는 8만 6000건 이상 발생했으며, 이에 따른 사상자는 약 2만 4000여 명으로 추산되고 있다.

　대리운전은 '서비스업'으로 분류된다. 경제학에서는 서비스를 이렇게 정의한다. "생산물을 대상화하지 않으므로 시간적으로는 생산과 동시에, 공간적으로는 생산된 곳에서 소비되어야 한다." 개인사업자 등록 후 세무서에서 받은 사업자등록증에는 이 일의 업태를 '서비스'라고 표기하고 있었다.

　세무서 건물을 나서자 여름이었다. 아스팔트 위로 아지랑이가 피어올랐다. 무감각한 햇빛이 거리로 쏟아졌다. 건물 외벽 늘어선 실외기가 뱉어 내는 더운 바람이 얼굴을 때렸다. 어느새젖은 셔츠가 등에 달라붙었다. 나는 가까운 카페로 자리를 옮겼다. 탁자 위에 서류를 놓고 가만히 내려다보았다. '생산물을 대상화하지 않으므로' 나의 노동은 실체가 없다. 보이지 않는다. 그러므로 누군가에게 보여 줄 수도, 전달할 수도 없다. 단지 기척만으로 그곳에 존재할 뿐이다. 주문한 커피가 나왔다는 말을 듣고 카운터로 걸어갔다. 갈색 쟁반 위에 아이스커피가 놓여 있었다. 유리잔 아래로 물방울이 흘러내렸다. 종업원은 '서비스'를 마치고 다시 카운터로 돌아섰다. 자리로 돌아와 커피를 마셨다. 유리잔을 들어 올리자 물방울은 손목을 지나 팔꿈치로 흘렀다. 입안으로 시원하고 향긋한 커피가 들어왔다. 카페에는 나처럼 더위를 피해 들어온 듯한 사람이 몇 명 있었다. 한 남자가 출입문을 열고 들어섰다. 그는 카운터로 가는 대신 키오스크 앞에 선 채 화면을 들여다보고 있다.

　나는 다시 나의 노동에 대해 생각했다. '시간적으로는 생산과 동시에, 공간적으로는 생산된 곳에서 소비되어야 한다.' 생산과 동시에 소비되는 일이다. 내가 만들어 내는 결과물은 그때그때 소비된다. 일식집 테이블에 앉으면 주방장과 마주 볼 수 있다. 눈앞에서 그가 만드는 초밥을 바로 먹을 수 있다. 생산과 동시에 소비되는 것이다. 또한 내 노동의 결과가 확인되는 곳은 자동차 안으로 한정된다. 차에서 내리는 순간 내 노동도 끝난다. 역으로 말하면 차에서 내리지 않는 한 내 노동은 계속된다.

사람과 대면하여 확실한 노동을 제공하지만 생산적인 결과물을 내놓지 않는다. 그것이 서비스업의 특징이다. 그저 한 사람을 한곳에서 다음 장소로 이동시킬 뿐이다. 그 작업에 대해 보수를 받는다. 쓰레기 수거와 비슷하다. 혹은 배송 업무와 같다고 할 수 있다. 이 짐을 원래 있어야 할 곳으로 옮기는 것이다. 당신을 원래 있던 곳으로 보내는 작업이다. 안전하게 이동시키는 것이다. 그리고 나는 다시 거리로 이동한다.

운전면허를 취득하면 누구나 차를 소유할 수 있지만, 그 차로 운전을 한다는 것은 다른 문제다. 도로에는 수많은 기호가 존재한다. 차선을 지킬 수 있게 해 주는 주행선과 넘지 말아야 할 중앙선, 속도를 제한하는 구간과 주행과 멈춤을 결정하는 신호등이 있다.

많은 운전자가 자신의 운전 실력을 과신한다. 식사하면서 가볍게 즐기는 반주 정도는 운전을 방해하지 않는다고 믿는다. 알코올은 혈압을 높이고 자신감을 북돋운다. 하지만 동시에 신체 능력을 떨어뜨린다. 균형감각과 운동신경을 무뎌지게 한다. 매일 다니던 길이다. 이제는 눈 감고도 갈 수 있다. 교차로 개수와 신호 바뀌는 타이밍까지 안다. 이 동네는 음주단속하는 걸 본 적이 없다. 충분히 자신 있지만 동료들이 대리를 부르라고 한다. 번거롭게. 대리 업체에 전화 걸어 목적지를 말하고 요금 안내를 받는다. 상담원은 대리기사가 배차되면 전화가 올 거라 말한다. 기다린다. 전화는 오지 않는다. 대리가 잡히지 않는다. 너무 가까워서 그런가. 기다리는 시간을 생각하면 벌써 집에 도착했겠다. 생각보다 비싼 대리비도 마음에 걸린다. 술값은 아깝지 않지만, 대리비는 아깝다.

대리기사로 보이는 남자들이 하나둘 주차장으로 들어서고 함께 마시던 사람들이 주차장을 떠난다. 어느새 혼자 남았다. 아직도 대리는 잡히지 않는다. 날이 추워졌다. 한참 서 있었더니 다리도 아프다. 차에서 기다리자. 시동을 걸자 히터가 작동한다. 차는 금방이라도 출발할 준비가 되어 있다. 라이트 불빛이 전방을 환히 밝힌다. 주차장에는 아무도 없다. 기어를 바꾸고 천천히 차를 출발시킨다. 문제없다. 그럼, 몇 년을 지나다닌 길인데. 거리는 한산하고 행인도 보이지 않는다. 타이어를 타고 전해지는 도로의 질감이 부드럽다. 푹신한 매트리스 위에 누워 있는 듯하다. 가로등이 아득한 별빛처럼 보인다. 가깝게 다가왔다가 차츰 멀어진다. 어느새 온풍기에서 쏟아지는 온기가 목덜미를 부드럽게 누른다. 쓰다듬는다. 차츰 눈이 감긴다. 잠깐만 눈을 감고 있자. 잠을 자는 게 아니다. 평소보다 조금 더 오래 눈을 감고 있는 것뿐이다. 고개를 떨군다. 손에 힘이 풀린다. 핸들이 돌아간다. 라이트 불빛이 휘어진다.

To Insure Promptitude

도착했습니다.

이번엔 좀 더 크게 말했다. 뒷좌석에서는 아무 대답이 없다. 남자는 아까부터 자고 있다. 운전석 창문을 열었다. 찬바람이 밀려들었다.

아파트 정문 거대한 아치형 구조물이 관문처럼 버티고 있었다. 당신은 외부인인가, 입주민인가. 출입의 목적은 무엇인가. 보이지 않는 센서가 다가오는 차량의 신분을 확인하고 있겠지. 구조물 테두리를 따라 조명이 빛났다. 차를 접근시키자 입주민 전용 차단기가 천천히 올라갔다. 입장. 목적지에 가까워지면 나는 목소리를 내어 차주에게 도착을 알린다. 창문을 열어 외부 공기와 소음을 받아들인다. 이 정도면 잠든 고객을 깨울 수 있다. 방지턱을 넘는 충격이 전해지자 남자가 신음 소리를 냈다. 곧이어 뒤 창문 여는 소리가 났다. 지하 주차장 진입로에 들어서자 바닥을 비추는 조명이 차례로 켜졌다. 아파트 지하 주차장은 미로다. 특히 대단지 아파트는 길 찾기가 어렵다. 방향을 잘못 잡으면 같은 자리를 맴돌게 된다. 고객을 미리 깨워 길 안내를 받아야 한다.

주차는 어디다 할까요?

들어가서 오른쪽이요. 쭉 가시다가 103동 근처에 세워 주세요.

목적지에 도착했다. 주차를 마치고 시동을 끄자 뒷자리에 앉아 있던 남자가 내 어깨 너머로 돈을 건넸다. 만 원이었다. 가끔 카드 결제를 현금결제로 착각하는 사람이 있다. 더군다나 요금은 3만 원이었다.

카드 결제하셨습니다. 요금은 자동결제됩니다.

거절의 의미를 담아 정중하게 말했다.

네, 알아요. 가실 때 교통비 하세요.

남자 목소리는 일상적이었다. 대리기사에게 팁을 주는 건 늘 있는 일이다. 태도는 자연스러웠다. 내가 돈을 받지 않자, 남자 손에 들린 지폐가 바스락 소리를 냈다.

그때 나는 왜 부끄러웠을까.

감사합니다.

이 말이 힘들었다. 처음에는 그랬다. 정해진 요금 이외에 고객이 주는 돈이 어색했다. 그 돈을 받는 순간 나는 고용인이 되는 듯했다. 저 돈을 건네는 당신은 당연히 고용주인가. 나는 내 의지로 이 일을 하는 거다. 당신의 고용인이 아니다. 하지만 돈을 거절하지 못했다. 돈을 받았으면 인사를 해야 한다. 어떤 인사를 해야 할지 몰랐다. 내가 대답하지 않자, 당신과 나 사이에 어색한 침묵이 생겼다. 당신은 문을 열고 차에서 내렸다. 나는 시동을 끄고 안전벨트를 풀었다. 늦었지만 무슨 말이라도 해야 했다.

'팁(tip)'이란 용어의 기원 중 하나는 이렇다. 16세기 유럽으로 중국의 차 문화가 전해지면서 당시 유럽 귀족들에게 커피숍에 모여 차를 마시는 것이 유행처럼 번졌다. 중국 차를 판매하는 커피숍은 매일 문전성시를 이룰 만큼 사람들이 몰렸고, 차를 주문하고 서빙하는 데 많은 시간이 소요됐다. 이에 영국의 한 커피숍 주인이 아이디어를 낸다. 테이블 위에 나무로 만든 통을 놓고 거기에 'To Insure Promptitude' 문구를 붙여 놓은 것이다. 추가 비용을 지불하는 사람에게 더 빠른 서비스를 제공한다는 의미였다. 더 빠른 서비스를 받고 싶은 사람들은 모두 '팁'을 냈다.

또 하나의 가설. 당시 유럽에는 한 귀족이 다른 귀족 집을 방문할 때 그곳에서 자신의 시중을 드는 그 집 하인들에게 약간의 돈을 주는 관습이 있었다. 한편 미국에서는 산업화 시대를 거쳐 경제적으로 부유해진 상류층들이 유럽 여행을 통해 이러한 유럽 팁 문화를 본토로 가져왔고, 이후 팁 문화에 익숙한 유럽 이민자들이 대거 유입되면서 팁 문화는 비로소 미국에 정착하게 된다. 하지만 계급사회였던 유럽에 비해 미국은 평등사상을 기초로 세워진 국가로 누군가에게 서비스에 대한 대가로 팁을 준다는 것은 건국 기본 정신인 자유와 기본권, 평등 정신에 위배 된다는 의견이 지배적이었다. 윌리엄 스콧은 "팁을 주고받는 사람의 관계는 주인과 노예 관계만큼이나 비민주적"이라며 팁 문화에 대한 강한 거부반응을 보였다. 팁 문화는 봉건제와 신분제 상징이라는 측면에서 누군가에게는 모욕적인 행위이기도 했다.

그는 외국 생활을 오래 한 사람일까. 사람을 부리면 서비스 개념으로 추가 요금을 지불하는 게 자연스러운 걸까. 나는 정해진 요금을 받고 운전을 해 준 게 전부인데, 별도로 서비스를 제공하지 않았는데, 이 돈을 받아도 되는 건가. 그러고 보면 팁은 운행 전에 받는 게 나을까, 운행을 마치고 받는 게 나을까. 전자는 안전 운전을 부탁한다는 의미일 테고, 후자는 안전 운전에 대한 평가의 의미일 텐데.

고양시 덕은동은 상암동 옆에 있는 신도시다. 당시엔 아직

이렇다 할 상가건물도, 늦게까지 영업하는 가게도 없었다. 상암동 번화가까지는 도보로 3킬로미터. 늦은 밤 걷기에는 너무 먼 거리다. 마지막 콜을 마치고 아파트 단지를 내려오는데 빈차표 시등을 밝힌 택시가 보였다. 새벽 3시. 피곤했다. 연희동 집까지 갈 생각으로 나는 손을 들어 택시를 세웠다.

기사는 50이 넘어 보였다. 흰머리 아래로 목주름이 깊었다. 항상 운전석에 앉다가 뒷자리에 앉으니 기분이 묘했다. 요금은 1만 5000원.

도착했습니다.

나는 지갑에서 2만 원을 꺼내 기사에게 건넸다.

잔돈은 됐어요.

나도 모르게 엉뚱한 말이 튀어나왔다.

감사합니다.

50이 넘은 기사는 대수롭지 않은 듯 대꾸했다.

문을 닫자 택시는 곧 다음 손님을 찾아 출발했다. 새벽 3시 30분. 주위는 고요하고, 어두운 건물 안에서 사람들은 대부분 잠들어 있을 것이다. 배기가스를 내뿜으며 언덕길을 올라가는 택시 후미등을 바라봤다. 아무도 없는 거리에서 나는 기사에게 내밀었던 손을 내려다보았다.

보복 운전

언제라고?

어제.

어제?

응. 얼마 안 된 일이야.

정말 그러네. 어디서 그랬는데?

홍은사거리 근처.

서대문구? 너희 집이랑 가깝네.

와, 이제 구(區) 구별도 할 수 있어?

그럼, 거기서 조금만 더 가면 은평구잖아. 나 예전에 은평구에 산 적 있어.

맞다. 그랬지.

예전에 아빠 차 타고 홍은사거리 쪽에서 내부순환 탄 적이 많아. 벌써 한참 됐네.

그래, 그쪽에 내부순환로가 있지.

거기 신호받기 힘들지? 차도 많이 다니고.

걸어 다닐 땐 잘 몰라. 어느 도로가 교통량이 많고 복잡한지, 신호가 얼마나 빨리 바뀌는지, 어떤 순서로 바뀌는지 몰라. 관심이 없는 거지. 그럴 필요도 없고. 근데 차를 몰고 도로에 나가면 신호받는 게 그렇게 신경 쓰이더라. 어제도 그랬어. 지방에서 볼일을 마치고 막 올라오던 길이었어.

어제 나는 홍은사거리에서 신호 대기 중이었다. 서대문구청 방향으로 내부순환로를 받치는 기둥들이 홍제천을 따라 늘어서 있었다. 저녁 늦게 원주에서 출발해 중부고속도로와 북부간선도로를 지나 내부순환로까지 쉴 새 없이 달렸다. 도로의 속도를 결정짓는 건 통행량이다. 도로에 나서는 차들의 많고 적음에 따라 그 도로의 속도가 결정된다. 시내에는 시내의 속도가 있고, 고속도로에는 고속도로의 속도가 있다. 사고가 나기 전까지 규정 속도는 의미가 없다.

7시가 막 지난 시점이었다. 구리IC를 지날 즈음 노을이 한강 위로 비추고 남은 빛이 차창을 통해 스며들었다. 퇴근 시간 러시아워를 피할 요량으로 나는 추월차선을 통해 내부순환로로 진입했다. 풍경의 농도가 차츰 짙어졌다. 내비에서 구간 단속을 알리는 멘트가 흘러나왔다. 나는 오디오 볼륨을 낮추며 차량 흐름에 집중했다. 방음벽 너머로 도시의 수문장처럼 솟아 있는 아파트 단지를 지나 정릉터널로 진입했다. 터널을 빠져나오자 어둠이었다. 앞차의 후미등과 뒤차의 라이트가 어둠을 밀어냈다. 밀려난 어둠은 도로를 덮으며 돔처럼 이어졌다.

내부순환로를 빠져나오자 홍은사거리였다. 나는 사거리 정지선 앞에 차를 세웠다. 3시 방향 차선에서 차들이 좌회전 신호를 받아 내 왼쪽 차선으로 빠져나갔다. 곧 내 신호가 떨어질 것이다. 신호를 기다리면서 몸의 감각이 아직 고속에 맞춰져 있음을 느꼈다. 주행 신호를 확인하고 가속페달을 밟았다. 3차선 도로 중 1차선은 내부순환도로를 향하면서 사라지고 주행차선은 2차선으로 변할 것이다. 그때 왼쪽에서 주행 중이던 SUV가 차선을 변경해 내 앞으로 들어섰다. 나는 페달에서 발을 떼고 탄력 주행으로 차간거리를 가늠했다. 충분한 거리였다.

SUV가 고가도로 아래 간이 교차로를 지날 즈음이었다. 기둥에 가려졌던 시야가 확보되자 내 앞으로 휘어지며 다가오는 헤드라이트 불빛이 보였다. 라이트 불빛 뒤로 유턴하기 위해 진입하는 검은색 그랜저가 드러났다. 순간 나는 신호를 확인했다. 파란불이었다. 하지만 그랜저는 SUV가 간이 교차로를 지나자마자 기다렸다는 듯 그 뒤를 쫓아 유턴을 시작했다. 나는 급브레이크를 밟았다. 순간 상체가 쏟아지듯 앞으로 쏠렸다. 그랜저는 나와 직각을 이루며 내 주행차선으로 끼어들었다. 경적 소리가 아득하게 들렸다.

멈추기엔 늦었다.

사고다.

추돌 속도와 각도로 본다면 상대 차는 조수석과 뒷좌석 문판금 도색이 필요할 것이다. 내 차는 범퍼 교체가 예상된다. 이 정도 접촉 사고에 대인 접수가 들어간다면 양쪽 모두 2주 정도

진단서가 나온다. 과실 비율로는 상대편 신호위반이 결정적인 원인이지만, 상대가 인정하지 않을 경우, 내가 과속한 부분도 어느 정도 과실로 잡힐 수 있다. 소송까지 이어지면 서로 피곤한 일이다.

고가도로 아래로 아스팔트를 긁는 타이어 소리가 찢어질 듯 울렸다. 속도는 줄었지만 충분치 않았다. 부딪치지 않으려면 피해야 한다. 나는 급하게 핸들을 오른쪽으로 돌렸다. 옆 차선에 다른 차가 있다면 추돌은 피할 수 없을 것이다. 아니, 사실 그때는 그런 생각까지 할 겨를이 없었다. 불확실한 사고를 예상하기보다 확실한 사고를 피하는 게 우선이었다.

차는 크게 휘청이며 차선을 바꿨다. 나는 가까스로 검은색 차를 피해 그 지점에서 5미터 정도 더 진전하여 멈출 수 있었다. 심장박동이 빨라지며 귀에서 이명을 만들었다. 손끝이 차가웠다. 잠시 후 비상등을 깜빡이며 유유히 내 앞을 지나는 검은색 차를 볼 수 있었다. 눈앞이 뜨거웠다. 나는 순도 높은 분노를 느꼈다. 그 차를 향해 가속페달을 힘껏 밟았다. 순식간에 알피엠이 치솟았다. 엔진이 굉음을 내며 차를 출발시켰다. 나는 과녁을 향해 날아가는 화살이자, 먹이를 향해 돌진하는 육식동물이었다. 내 앞을 가로막는 건 형체가 없는 공기이자, 무의미한 잡초뿐이었다. 입안에서 시큼한 냄새가 맴돌았다.

그래서, 어떻게 했어?

쫓아가고 싶었지.

쫓아간다고? 쫓아가서 어쩌려고?

글쎄, 지금 생각하니 모르겠는데. 그때는 그냥 그 차를 세우고 싶었어. 추월해서 일단 세워 놓고 싶었지. 아마 따지려고 그랬겠지. 왜 운전을 그렇게 하냐. 운전을 어디서 배웠냐. 누구 죽일 셈이냐. 도대체 뭐 하는 짓이냐. 최소한 얼굴이라도 보고 싶었어. 그렇잖아, 난 방금 겨우 사고를 피했는데, 갑자기 극한의 공포를 경험했는데, 대체 누가 내게 그런 불행을 준 건지 알고 싶었지. 머릿속이 하얘지면서 한 가지 생각밖에 안 났어.

그래서 잡았어?

아니.

왜?

왜일까. 분노는 오래가지 않았다. 한순간 이성을 연소시킨 불꽃이 사라지자, 남은 건 하얀 잿더미였다. 횡단보도를 건너는 사람들이 보였다. 덕분에 나는 멈출 수 있었다. 그때 만약 그 차를 추월해 멈춰 세웠다면, 나는 무엇을 할 수 있었을까. 무엇을 했을까. 무엇을 만났을까.

기사는 기사에게 친절하지 않다

콜이 순식간에 사라진다. 콜 배정을 알리는 팝업창이 눈 깜짝할 사이에 떴다가 없어진다. 금세 누군가 잡아간 거다. 목적지도 운행 요금도 확인하지 못했다. 아쉽지만 할 수 없다. 기다린다. 다시 콜이 뜬다. 목적지는 응암동. 가격은 2만 원. 여기는 강남구 신사동. 저녁 10시. 번화가에 콜이 가장 많을 시간. 아직까지 통행량도 많아 도로에 차를 띄운다고 해도 이동시간이 만만치 않다. 강변북로나 올림픽대로 정체가 풀리려면 적어도 11시는 넘어야 한다. 잡지 않는다. 기다린다. 기다리면 가격은 오르기 마련이다. 나는 '수락' 버튼을 누르려던 손가락을 거둔다. 응암동 콜은 금방 사라지지 않는다. 팝업창에서 내려간 뒤 콜 리스트에 포함된다. 리스트에는 기사들이 잡지 않은 콜이 거리순으로 정렬되어 있다. 대부분 운행 거리 대비 가격이 맞지 않거나 목적지가 외진 곳이라 기사들이 꺼리는 콜이다. 응암동 콜은 리스트에서도 빠지지 않는다. 다른 기사들도 같은 생각인 걸까. 아무도 잡지 않는다. 다들 가격이 오르길 기다리고 있다. 응암동이 리스트에서 사라진다. 고객이 콜을 취소했거나 누군가 잡아간 거다. 지나간 콜은 빨리 잊는다. 다시 집중.

번화가답게 이후에도 몇 개의 콜이 연속으로 올라온다. 사라진다. 다시 올라온다. 금세 사라진다. 마음이 급해진다. 전혀 단가가 맞지 않는 콜인데도 순식간에 사라진다. 누가 잡아가는 걸까. 초짜임에 분명하다. 처음엔 다들 그렇게 배운다고 한다. 30분 넘는 거리를 고작 2만 원에 가면서 스스로를 자책하겠지. 운전은 생각보다 에너지가 많이 든다. 도로에는 신경 써야 할 것이 많다. 잠시라도 한눈을 팔았다간 사고로 이어진다. 사고는 보험 심사 탈락으로 이어지고, 그것은 곧 실직을 의미한다. 출발부터 주행, 주차까지 잠시도 긴장을 늦출 수 없다.

콜 가격은 정해진 게 아니다. 날씨에 따라, 시간에 따라, 대리 사무실 결정에 따라, 고객 의도에 따라 달라질 수 있다. 같은 거리를 비싼 가격에 가는 고객과, 정단가에 가는 고객, 누구보다 싼 가격에 가려는 고객이 있다. 가격은 달라진다. 처음 일을 시작하는 기사는 이를 모른다. 다급한 마음에 근처에서 뜬 콜을 무작정 잡는다. 가격이 맞지 않는 콜이 올라오면 기다려야 한다. 다 같이 그 콜을 잡지 않고 기다리면 가격은 올라간다. 낮은 가격에 콜을 불렀던 고객도 마지못해 가격을 올릴 수밖에 없다. 그때 잡으면 된다. 그때까지 기다리면 된다. 하지만 성급한 기사는, 초보 기사는 기다리지 못한다. 다급한 마음에 그 콜을 잡고 오랜 시간 운전하면서 후회한다. 문제는 다음에도 이런 일이 반복된다는 것이다. 현장에서 배우는 것은 기억에 오래 남는다. 하지만 지역은 넓고, 기사는 많다. 내가 잡지 않으면 누군가 잡는다. 모든 게 경쟁이다. 경쟁에서 뒤처지면 일을 하지 못한다. 그날 수입을 올리지 못한다. 길에서 일하는 건 힘들다. 야외 환경에 그대로 노출되면서 날씨 변화에 따른 악조건을 감내해야 한다. 여름에는 모기와 싸워야 하고, 장마 기간엔 젖은 신발과 땀 냄새에 시달린다. 겨울엔 손가락이 얼어 핸들을 제대로 잡기 힘들다. 찬바람을 오래 맞으면 뼈가 시리다는 말을 실감하게 된다.

그래서 그렇다. 많은 기사가 초보 기사를 싫어한다. 같은 공간에 있기 꺼려 한다. 확률상 그렇다. 기사는 모여 있으면 불리하다. 우리는 서로에게 동료이자 경쟁자다. 대리기사 노조 설립이 어려운 이유다. 직업 특성상 모이면 불리하기 때문이다. 서로가 안다. 그렇기 때문에 떨어져 있으려 한다. 하지만 이런 기사들도 어떤 순간에는 함께 모여 있을 수밖에 없다.

대중교통이 끊긴 시간. 더 이상 콜도 나오지 않는다. 베드타운이 몰려 있는 외곽에 떨어진 기사는 많다. 그럴 때 기사들은 택시를 이용한다. 담당 구역을 벗어난 택시는 그 지역에서 영업할 수 없다. 서울 택시는 수원이나 용인으로 갈 수 있지만, 거기서 다시 서울로 가는 손님을 태우지 않는 이상 그곳에서 일을 할 수 없다. 빈 차로 복귀하는 것보다 대리기사를 태워 가는 게 이득이다. 대리기사 입장에서도 그 지역을 벗어나 다시 번화가로 가야 한다. 서로 목적과 의도가 맞는다. 보통 네 명을 맞춰, 일정 금액을 걷어 시내로 복귀한다. 택시는 버스정류장이나 서울로 가는 고속도로, 고속화도로 인근에서 잡는다. 그제야 기사들은 모인다. 네 명이라는 인원수를 맞춰야 하기 때문이다.

미스틱

내 첫 차는 쉐보레 2009년형 라세티. 10만 킬로미터 뛴 중고차였다. 푸른색에서 채도를 절반 정도 걷어 낸 색깔. 언뜻 보면 푸르고 창백한 달빛이 연상되기도 했다. 색상도 표에는 '미스티 레이크'라고 표기되어 있었다. 아내와 나는 차에 '미스틱'이라는 이름을 붙여 주었다.

차를 사면 제일 먼저 자유로를 달리고 싶었다. 서해로 흘러가는 한강을 끼고 파주까지 뻗은 도로를 마음껏 질주한다. 1톤이 넘는 물체를 오직 핸들과 페달로 컨트롤하면서 나는 어디든 갈 수 있다. 마음에 드는 장소가 나타나면 어디서든 차를 세워 보는 것이다. 지루할 만큼 풍경을 감상하고 나면 언제든 다시 출발할 수 있다. 창문을 연다. 불어오는 바람에 묻은 비릿한 냄새가 바다가 멀지 않음을 알려 준다. 돌아오는 길에는 강물 위로 긴 주단이 깔린다.

미스틱은 가속페달 감촉이 독특했다. 엔진에서 시작된 힘이 구동축까지 반 박자 늦게 전달되었다. 미스틱은 쉽게 흥분하지 않았다. 내 의도를 확실히 파악할 만큼 신중했고, 가속이 확인되면 그제야 시원하게 치고 나갔다. 비록 정차 후 출발 시에는 미션이 제대로 결합되지 않아 운전석까지 충격이 전해지기도 했고, 비탈길에선 굉음과 함께 알피엠이 과하게 높아지기도 했지만, 중고차치고 관리가 잘된 차였다.

　누군가 1인용 소파에 앉아 책을 읽고 있다. 왼쪽으로 오래돼 보이는 협탁이 있고, 방금 내린 커피가 은은한 향을 풍긴다. 곁으로 창문이 열려 있어 바람이 불 때마다 커튼이 움직인다. 얼굴은 보이지 않지만, 고개를 기울이고 책장을 넘기는 손길에서 노련하고 인자한 성품이 느껴진다. 나는 운전석에 앉을 때마다 그와 마주 앉아 있는 기분이 들었다. 답답하고 풀리지 않는 일이 있을 때 찾아가면 그는 읽고 있던 페이지 사이에 가름끈을 넣고 조용히 내 말을 들어 주었다. 나는 그에게 무슨 말이든 할 수 있었다.

　나는 가끔 아무 일 없이 운전석에 앉기도 했다. 차 문을 닫는 순간 나는 외부와 적당한 거리를 두고 멀어진다. 방향제 냄새가 익숙해질 때쯤 핸들에 머리를 기대고 풀지 못할 고민을 다시 생각해 보는 것이다. 사위가 차츰 어두워지고 차 안으로 어둠이 차오르면 나는 손으로 물장난을 치면서 내 의지나 노력보다 훨씬 높은 곳에서 내 삶을 결정하는 어떤 흐름을 생각해 보았다. 그즈음 아내는 병원에 있었다. 아내가 퇴원한 뒤 나는 미스틱을 처분했다. 형편없는 가격이었지만, 그때는 그것조차 절실했다.

연수

운전 중에는 좌우측, 후방을 항상 확인하고 있어야 해. 그래야 기회가 왔을 때 빠르게 차선 변경을 할 수 있어. 이제 1킬로미터 전방에서 좌측으로 빠질 거야. 여기서부턴 우측 유도선을 따라 가면 돼. 앞차와 텐션 적당히 맞춰 주고, 액셀을 밟았다 뗐다 하면서 거리 조절.

600미터 앞에서 빠질 거고, 그다음 좌측 포켓 차로로 빠질 거야.

전방 팻말도 유심히 봐야 해. 깜빡이 켜고, 점선이 나올 때까지. 아직 실선이지만 사이드미러 확인하고 누가 오기 전에 먼저 들어가. 교통법규도 중요하지만 센스 있게 운전하는 것도 나쁘지 않아.

코너 구간 핸들링 집중. 과하지 않게.

내비 봐 봐. 앞에 좌측 두 개 차로 이용하라고 떴지. 우리는 좌회전 한 다음에 바로 우회전이야. 그러니 좌측 차로 중 오른쪽 차로를 타야지.

차선이 바뀌는 거 잘 봐. 양보 안 해 주네. 당황하지 말고 다음에 가면 돼. 양보 안 해 주면 굳이 밀고 들어가지 마. 사이드 미러 보고. 뒷차가 보이지. 네 시야에서 뒷차가 힘차게 밀고 들어오는지, 천천히 속력을 줄이는지 잘 봐. 여기서 두 칸 들어간다. 이제 좌회전 대기.

회전. 여기서도 유도선 확인. 2차로 차들이 돌면서 혹시라도 내 차선으로 들어오는지 계속 확인하면서 돌아. 좌회전 다음 어떻게 행동할지 빠르게 결정. 합류 차량 신경 써 주고.

이제 1.5킬로미터 앞에서 우회전 좌회전이야. 막히는 구간에서 1.5는 상당히 긴 거리야.

마지막 차로는 우회전하려는 차를 위해 남겨 둬.

신호 잘 보고. 차선 변경 시 살짝 액셀을 밟아. 오토바이 잘 봐. 우측 방향지시등 켜고, 미리 들어가. 돌발 상황 대비. 우측 끝 차로는 항상 돌발 상황에 대비. 정차 중이거나, 작업용 차량, 도로 정비, 택배 트럭 등이 있으니 잘 봐야 돼. 정차했다가 움직이는 차는 어딜 봐야 될까? 차량 바퀴를 봐. 바퀴가 돌아가는지를 보면 돼. 차체는 다른 사물과 혼동되어 잘 보기 힘들어. 운전 중에, 특히 회전할 때는 짧게 끊어서 여러 번 봐야 돼. 툭. 툭. 툭.

이런 느낌으로. 빠르고 깊게.

깜빡이 켜는 걸 습관화해야 돼. 우리가 도로에서 다른 운전자와 소통할 수 있는 장치는 깜빡이밖에 없어. 적극적으로 활용해야지. 경적은 소통보다는 주의나 경고 의미가 강해. 일방적이라는 측면에서 소통과는 거리가 있지. 또 잘못 사용하면 상대가 오해할 수도 있고.

엄청 막히네. 이 시간, 이 도로는 항상 그래. 이 차로는 막혔어. 차선 옮기자. 간격 보면서 조금씩 핸들을 꺾으며 들어가. 머뭇거리면 오히려 서로 위험해져. 확실하게 네 의사를 표현해. 머리가 슬쩍 들어오면 양보해 줄 거야. 그렇지. 이제 합류. 좌측 확인. 체크. 공간 있으면 찾아 먹어야지. 겁먹지 말고, 확실할 때는 신속하게 이동.
차선 보고, 신호등 보고, 바닥에 차선 보고. 노면표시 확인. 택시 주의. 택시 운전은 너무 막무가내야. 따라 하면 안 돼.

이제, 부암동으로 넘어갈 거야. 저기 봐. 차 사이로 지나다니는 오토바이. 그러니 언제나 정차 중에는 브레이크에서 발을 떼지 말고.
앞차만 보지 말고, 그 너머까지 봐야 돼.

버스는 언제나 치고 들어올 수 있으니 주의. 직진하면서 밀고 들어오겠다는 거니까. 교차로 지날 때는 특히, 버스 한 번 더. 오토바이 확인.

언덕길에선 시야가 제한되니까 유념하고 정속주행. 급할 거 없어. 바닥 잘 보고. 골목길 교차 지점 지날 때는 감속. 배달 오토바이가 갑자기 튀어나올 수 있으니 천천히. 급정거 유념. 다시 바닥 보고. 골목 교차로 우측 차로 우선이지만 우리가 먼저 들어왔으니 그대로 진행. 미안하다고 깜빡이 한 번 켜 주고. 전방에 사람. 합류 전에 우측 차선 확인. 시야가 안 나오지? 이렇게 좁은 골목길에선 코너의 볼록거울 최대한 활용. 확인 후 천천히 진입. 좋아.

자, 이제 브레이크를 밟아 봐. 페달에 발을 얹고 아래로 지그시 눌러. 브레이크를 밟을 때는 멈춘다는 느낌 대신 네가 뛰는 것보다 차를 조금 더 느리게 만든다는 감각으로. 그렇지. 천천히. 살살. 부드럽게 정지.

어때? 어렵지 않지? 잘하네. 이제 혼자 운전할 수 있겠지? 다행이다. ……응? 우는 거야? 왜 울어? 뭐라고? 아니 내가 너랑 왜 헤어져?

심야 버스

저 콜을 고르면 다음에 있을지 모를 더 나은 콜을 잡지 못한다. 기회비용. 더 높은 가격에, 더 좋은 착지로 갈 콜을 기다린다. 그렇게 계속 콜을 고르게 된다. 거절. 거절. 그러면서 그자리에 묶인다. 다시 이동하기엔 여기서 기다린 시간이 아깝다. 30분. 한 시간. 어느덧 새벽 시간. 막차 시간이 다가오고, 결국 패배를 인정하게 된다. 그때쯤이면 멘탈이 무너져 어떤 콜도 잡지 못한다. 확률 싸움에서 진 것이다. 승리도 패배도 모두 내몫이다. 꽃다발도 야유도 모두 내가 가져간다. 관중은 없다. 자랑스럽지도 부끄럽지도 않다. 그저 혼자 집으로 돌아간다. 하지만 알 수 없는 분노가 스멀스멀 올라온다. 이 화를 풀어내고 싶다. 어딘가로, 누군가에게.

서대문역사거리 벤치에 앉아 심야 버스를 기다린다. 인적이 끊긴 새벽, 도시는 정적과 정지 사이에 있다. 움직이는 건 아무것도 없다. 빌딩 외벽 유리창으로 교차로를 가득 메우던 차량행렬과 보도 위 행인들의 모습이 실루엣으로 지나간다. 공기는 청량하다. 입으로 호흡하면서 입안 가득 무형의 질감을 느낀다. 나는 어쩌면 가능성으로 존재하는 세상, 기척만 가득한 세계를 꿈꿨는지도 모른다. 그 안에서 나는 유일한 환상이다.

중앙 차로 정류장 불빛은 등대처럼 보인다. 길게 뻗은 도로의 처음과 끝을 상상한다. 도로는 무정부상태. 주인 없는 도로는 무언가를 기다린다. 텅 빈 도로는 무언가로 채워지길 기다린다. 버스 도착을 알리는 자막이 정류장 모니터에 지나간다. 어디선가 대리기사들이 하나둘 모여든다.

노련한 딜러의 손놀림처럼 버스 유리창으로 밤거리 불빛이 뒤섞인다. 황량한 도로에 목적 없는 빛이 떨어진다. 수많은 차가 헤드라이트를 던지며 질주한다. 방향지시등을 켜고 쉴 새 없이 차선을 바꾼다. 빛이 망막에 잔상을 남기고 사라진다.

차고지는 노선의 처음과 끝. 어둠 속에 대열을 이루며 주차된 버스는 긴 석관을 쌓아 놓은 듯하다. 차고지에서 심야 버스를 타는 사람들은 대부분 대리기사. 시내 번화가 아닌 곳에서 이렇게 많은 기사가 모여 있는 경우는 드물다. 누군가는 이 버스를 타고 또 다른 콜지로 향하고, 누군가는 포기하고 집으로 간다. 서로 말은 않지만 다들 비슷한 생각이다. 나는 멀찍이 떨어져 그 생각을 읽어 본다.

나만 콜을 타지 못했다.

내 주위에만 콜이 뜨지 않는다.

이게 다 말도 안 되는 가격에 똥콜을 타고 다니는 초짜 기사들 때문이다.

그때 그 콜을 잡았어야 했는데, 이 시간에 그 가격이면 괜찮았는데, 왜 망설였을까. 아니다. 아무리 그래도 그 가격엔 못 가지. 대리운전이 쉬운 줄 아나. 그런 똥콜 자꾸 타면 몸도 마음도 망가진다.

언제까지 이 일을 할 수 있을까. 이제 다리도 맘처럼 움직이지 않는데. 예전엔 1킬로미터 정도는 우습게 뛰어다녔지. 이젠 숨이 너무 가빠. 조금만 뛰어도 다리가 후들거려.

정류장으로 버스가 들어서자 기사들이 생각을 정리하며 자리에서 일어선다. 빈 의자가 정류장에 길게 남는다.

N37번 버스는 복정동에서 출발해 송파, 수서, 강남을 거쳐 을지로, 종로를 지나 서대문구와 은평구까지 운행한다. 서울을 남북으로 관통하며 많은 콜지를 지난다.

새벽 2시. 강남역사거리에 대기하는 기사 수가 200명에 가까워진다. 심야 버스는 논현역, 신사역을 지나 한남대교로 접어든다. 혹시라도 콜이 울리지 않을까, 버스에 탄 기사들은 손에서 폰을 놓지 못한다. 고민하는 사람과 화내는 사람과 분노하는 사람과 불안한 사람이 모두 한 버스에 타고 있다.

공사 중인 도로. 한 개 차선을 막고 인부들이 작업 중이다. 차들이 밀린다. 점차 대열이 늘어난다. 그렇지, 나는 언제나 최선을 다하지 않았다. 마지막에는 늘 매듭을 짓지 못하고, 일을 벌여 놓기만 했지. 차가 막힌다. 경적을 울린다. 시간이 길어진다. 모두 무언가 감추고 있는 표정. 저 표정으로 나를 본다. 누가 나서서 길을 뚫어 줬으면 좋겠다. 아무도 서로를 보지 않는다. 이제 끝이다. 더 이상 밤거리를 헤매지 않아도 되고, 의미 없는 소란에 흔들릴 마음도 없다. 나는 이제 거리에 없다. 하지만 거리에 없는 것들이 거리를 떠올리게 한다. 이 시간이면 더 이상 콜은 나오지 않을 것이다. 눈을 감고 잠을 청한다. 그러다 갑자기 진동이 울리면 눈이 떠진다. 콜이 떴다. 버스 안 모든 기사의 머리가 일제히 아래로 숙여진다. 하지만 너무 먼 거리다. 가격도 형편없다. 눈을 감는다. 반복이다. 언제쯤이면 미련을 버릴 수 있을까. '퇴근' 버튼을 누르고 휴대전화를 주머니에 넣으면 간단한 일이다. 간단하지만 실천하기는 어려운 일이다. 다들 알고 있다.

서대문역을 지나며 버스는 크게 우회전한다. 몸이 기울어지면서 잠에서 깬다. 잠깐 마취된 것처럼 몸에 감각이 없다. 그것이 너무 편하다. 감각이 있던 자리에 아무것도 없다. 버스는 도로 굴곡을 따라 이따금 출렁이는데, 그 리듬이 몸을 흔든다. 이대로 흔들리다 보면 평소 닿지 못하던 곳에 이르게 될 것이다. 거기서 나는 내가 바라던 모습으로 있을 것인가. 신호는 알맞게 길을 열어 준다. 버스는 멈추지 않고 계속 주행한다. 마치 처음부터 그랬던 것처럼 모든 것이 자연스럽다.

신의 뜻대로

태초에 도로를 만든 신이 있었다.

신은 모종의 이상향, 이데아에 따라 도로를 설계한다. 우리
는 그 도로를 달리며 신이 만든 이데아를 슬쩍 훔쳐보는 것이
다. 오직 도로를 달리고 있을 때만 드러나는 에피파니.
신은 그렇게 강림한다.

도로의 회전 반경과 굴곡은 지면에 영향을 받는다. 곡선의
깊이는 지면의 모양에 따라 결정된다. 급회전 구간에서 원심력
과 구심력이 대립한다. 상반된 힘이 서로 대결하는 그 가운데
우리가 있다.
코너마다 만나게 되는 곡선 구간을 자동차는 매끄럽게 빠져
나간다. 그때마다 중심에서 벗어나려는 힘과 모이려는 힘이 아
슬하게 접점을 찾는다. 도로에서 자동차가 그리는 곡선은 핸들
에서 비롯되지만, 사실 모든 건 다시 도로의 기준에 따르게 된
다. 모든 것은 예정된 흐름을 벗어나지 못한다. 주행은 도로를

만나기 전에 이미 결정된다.

  태초에 면(面)이 있었다. 그리고 거기에 도로를 만든 신이 있었다. 도로는 신의 존재를 엿볼 수 있는 도구. 자동차는 에피파니를 경험할 수 있는 기도와 같다. 도로의 직선과 곡선, 분기점에는 모든 방향을 향한 의도가 담겨 있다.

  오늘도 도로에는 신의 뜻이 강림한다.

내가 가장 예뻤을 때*

도시의 밤거리는 고요하다. 밤바다를 보고 있는 듯하다. 건물 불빛이 조그맣게 빛나고, 자동차 대열이 잔물결을 이루며 환영처럼 밀려간다.

강변북로에서 올림픽대로를 본다.

올림픽대로에서 강변북로를 본다.

가끔 내가 앞으로 가는 것이 아니라 풍경이 뒤로 밀려나는 기분이다. 풍경에 떠밀려 가는 것 같다. 하지만 보이는 모든 건 너무 빨라, 내가 가질 수 있는 것은 이미 지나간 곳에 있다.

* 이바라기 노리코.

*

　한강은 거대한 연체동물처럼 서울을 가로지른다. 굴곡을 만든다. 강변북로를 주행해 보면 금세 알 수 있다. 크게 휘어지는 곡선 구간과 완만하게 꺾이는 구간을 핸들로 조향하는 동안 어느새 강의 흐름을 체득하게 된다. 강은 직선으로 흐르지 않는다. 휘어지고 감기는 굴곡이 강의 속도를 결정한다.

　하루에 몇 번씩 한강을 왕복할 때가 있다. 강북에서 강남으로, 혹은 한강 이남에서 이북으로 이동한다. 어느 쪽이든 한강을 건너는 순간은 비장해진다. 이계(異界)로 진입하는 순간처럼 느껴진다. 저곳에도 같은 사람이 있고, 같은 말을 사용하지만 왠지 공기부터 차이가 있다. 그 공기를 받아들이고 숨을 쉬는 사이 조금씩 다른 사람으로 변하는 것이다. 말투가 바뀌고 행동이 변한다.

　강폭은 유속에 따라 달라지지만, 일반적으로 한강을 가로지르는 다리 길이는 1.5킬로미터. 50킬로미터 속도로 달리면 대략 2분이 소요된다.

　많은 사람이 한강을 건너다닌다. 직장을 얻기 위해, 더 좋은 주거 환경을 찾기 위해 하루에 두 번씩 한강을 건너간다.

　차량이 지나는 대교와 철도가 지나는 철교를 포함하면 한강에는 32개의 다리가 있다. 32개의 다리는 하남에서 김포까지 한강의 남쪽과 북쪽을 촘촘하게 이어 준다. 동쪽 끝 팔당대교부터 서쪽 끝 일산대교까지, 내가 건넜던 모든 다리는 저마다 인상을 가진다.

한남대교는 남산 1호 터널부터 시작해 경부고속도로까지 이어지는 구간에 있다. 한남대교 경부선 방향, 고가도로를 지나 달려오는 차들의 행렬이 보인다. 신사역 방향으로 가는 차들은 왼쪽 차선으로 빠지고, 올림픽대로를 향하는 차들은 오른쪽으로 빠진다. 그리고 고속도로를 향하는 차들은 중앙 차로를 달린다. 한남대교 남단은 목적지에 따라 이동하는 차들로 분주하다. 왼쪽에서 오른쪽으로, 오른쪽에서 왼쪽으로 차선을 바꾸는 모습이 마치 뜨개질하는 손놀림 같다.

각각의 다리는 강변북로와 올림픽도로로 이어지는 나들목을 갖고 있다. 한강을 건너기 위해서뿐만 아니라 고속화도로를 사용하기 위해서도 시내의 차들은 한강으로 모인다.

올림픽대교

내가 가장 예뻤을 때
스무 살 내 심장은 다시 두근거렸고
사람들은 너무 가까이 있었다

그 가장자리에서 나는 비로소 혼자가 되었다

　동서울터미널에 도착한다는 안내 방송이 흐르자 고속버스 안이 분주해졌다. 졸린 눈을 비비고 김이 서린 차창을 닦았다. 손바닥이 열어 놓은 풍경 속으로 한강이 들어왔다. 겨울이었다. 강은 멈춘 듯했고 남단과 북단 가장자리로 눈이 쌓이고 있었다. 서울의 첫 모습은 하얗게 얼어붙은 한강이었다. 강변을 따라 바람이 부는지 눈발이 높게 솟았다 가라앉기를 수차례 반복했다. 왼쪽에서 몰려오던 눈발이 맞은편 눈발과 가까워지자 함께 원을 그리듯 회오리 기둥을 만들었다. 내 심장은 이제 막 수확한 사과처럼 단단하고, 스무 살의 맑은 피를 마음껏 뿜어내고 있었다. 아직 터미널에 도착하기 전이지만 사람들은 일어나 짐칸에서 가방을 찾기 시작했다. 먼지 냄새가 났다. 충혈된 눈가에 피곤과 초조함이 맺혀 있었다. 올림픽대교를 지나 시내로 들어선 버스는 곧 크게 회전하며 터미널로 들어섰다. 복도에 서 있던 사람들도 한 방향으로 기울어졌다.
　버스에서 한 줄로 내린 사람들은 순식간에 흩어졌다. 나는 짐칸에서 캐리어를 찾아 바닥에 내려놓았다. 활기와는 다른 종류의 분주함이 주위를 감쌌다. 눈이 그쳤다. 올려다본 하늘은 거대한 공동(空洞) 같았다. 그때 내가 서울에서 아는 거라곤 대학교 근처 하숙집 전화번호뿐이었다. 이제 완전한 혼자라는 사실에 막연한 불안과 홀가분함을 느꼈다.

누군가 나를 부르지 않을까. 나는 두리번거리지 않으려 노력하면서 지하철 방향을 향해 걷기 시작했다.

동호대교

내가 가장 예뻤을 때
모두들 내게 차가웠고, 나는 그게 좋았다
통장을 만들고, 연금에 가입했다
내일의 기회와 오늘의 욕심이 다르지 않았다

첫 직장은 압구정 근처였다. 연신내역에서 매일 아침 3호선을 타고 20분쯤 달리면 어느 순간 시야가 트이며 객차 양쪽으로 햇빛이 쏟아진다. 빛의 욕조 안에서 사람들은 눈을 뜨고 기지개를 켠다. 창밖으로 동호대교를 지나는 차들이 손을 뻗으면 닿을 듯 가깝게 지나간다. 객차로 쏟아지는 햇빛과 강물에 반사된 햇빛이 한데 뒤엉킨다.

한강은 아침 햇살을 받아 빛나는 푸른 광장이었다. 멀리 올림픽대로를 가득 채운 차량 행렬과 그 뒤로 솟아 있는 아파트 모습은 매번 봐도 가슴이 떨렸다. 전철은 선로 간격에 맞춰 일정한 속도와 소음을 만들어 냈다. 거대한 흐름에 몸을 맡긴 기분이었다. 그리고 기분 좋은 떨림과 함께 결국 모든 일이 잘될 거 같은 예감이 들었다.

지하철 양쪽으로 한남대교와 성수대교가 웅장한 자태를 뽐내고 있었다. 동호대교 남단에서 전철은 다시 지하로 들어섰다. 암전. 검은 유리창에 사람들의 모습이 가득 찼다. 그 곁에서 나는 출입문이 열리기를 기다렸다.

반포대교

내가 가장 예뻤을 때
아내가 아팠다
다리 기둥에 부딪쳐 흩어지는 강물을 보다가
내가 부끄럽다는 게 싫었다

검진 결과를 검토한 의사가 대수롭지 않은 어투로 수술을 권유했다. 가슴에서 종양으로 의심되는 물질이 발견됐다. 아내는 최근 가입한 보험의 적용일을 기다리자고 했다. 나는 이해되지 않았다. 수술 날짜를 잡았다. 한 달 뒤였다. 그동안 우리는 체력을 기른다는 명목으로 자전거를 타고 한강을 달렸다. 주로 잠실대교에서 반포대교까지 왕복했다. 반포대교 바로 아래 잠수 교가 있다. 비만 오면 물에 잠긴다고 잠수교인가. 거기서는 한강 이 아주 가깝게 보인다. 밤이 되면 강물 위로 도시의 불빛이 내 려앉는다. 강물은 서쪽으로 흘러가지만, 불빛은 제자리에서 흔 들린다.

나는 자주 '왜?'라는 질문을 했다. 보이는 모든 것에 그 질문 을 던졌다. 그것은 질문이 아니라 탄식이고 불안이며 경멸이자 저주였다. 마침내 세상 모든 것이 그 질문에 뒤덮이자 나는 단 하나의 대답이 되기로 했다.

우리는 나란히 달린다. 그러다 속도가 붙으면 누군가 먼저 앞서서 나아간다. 폭이 좁은 도로에서 교행하는 자전거 무리를 만나기도 한다. 그들이 지나면 잠시 후 비어 있던 공간을 채우 는 바람이 분다. 아내가 잠시 흔들린다. 나는 페달에 힘을 주며 더 이상 질문하지 않는다.

요트를 띄우기 위해 만든 경사로에 자전거를 멈춘다. 우리 는 최대한 물 가까이 앉는다. 발치에서 강물이 찰박거리는 소 리를 낸다. 밤에 보는 한강은 평온하다. 우리는 아무 말 없이 앉 아 무언의 속삭임에 귀를 기울인다. 나는 근처에서 돌멩이 하나 를 주워 든다. 그리고 힘껏 던진다. 나는 가장 부끄러운 질문을 던졌고, 한강은 짧게 대답했다. 그 답이 마음에 들지 않았다. 몇 번이고 돌멩이를 던졌다.

두 번의 수술과 몇 번의 추가 검사가 있었다. 비급여 항목이 많았다. 보험으로 충당할 수 없는 비용이었다. '미스틱'을 처분하기로 했다. 퇴직 후 받던 실업급여 지급일이 지날 동안 취업은 어려웠다. 그때는 대리운전을 시작하기 전이었다. 당장 돈이 필요했다.

차 연식과 스크래치가 난 도장면을 살피던 매매업자는 난색을 표했다. 나는 알 수 없게 부끄러웠고 확실하게 불쾌했다. 두 감정은 쉽게 섞이지 않았다. 그는 계산기에 숫자를 입력하고는 이만하면 좋은 금액이라며 말을 건넸다. 나는 고개를 끄덕였다. 우리 몫으로 지정된 주차 자리는 곧 다른 차량이 배정받았다. 외출에서 돌아오다 비어 있는 주차장 자리를 보았다. 그 자리에 서 있다 보면 어느새 어두워졌다.

양화대교

내가 가장 예뻤을 때
세계는 여전히 평화로웠고
모두 어딘가로 달려가고 있었다
그것은 내가 원하는 것과 다르지 않았다
하지만 내가 원하는 곳과 같지 않았다

그날 오후 나는 벤치에 앉아 있었다. 짧게 끊어지는 새소리가 나뭇가지에서 서로 흩어졌다. 눈을 뜨자 여린 햇살들이 눈가로 몰려들었다. 멀리 강 중심으로 유람선이 지나고 있었다. 흰색으로 칠한 선체는 푸른 강물 위에서 유독 도드라졌다. 유람선은 천천히 움직였다. 뱃머리가 물살에 닿자 선미로 갈라진 물줄기가 좌우로 활짝 펼쳐졌다. 팽팽한 천을 가위로 가르듯 유람선은 한강을 따라 서쪽으로 움직였다. 평일임에도 한강변에는 오후를 즐기는 사람들로 가득했다. 이곳에 개와 함께 산책에 나선 사람들. 마주 오던 개들이 먼저 알은체를 하면 그제야 주인이 서로 인사를 한다. 대열을 이룬 자전거 무리가 한차례 지나가자 뒤이어 익숙한 바람이 불었다. 강물 위로 양화대교를 받치는 기둥이 일정한 간격을 두고 꽂혀 있었다. 거대 신전을 받드는 기둥 같았다.

찰박찰박. 강변으로 잔물결이 몰려와 닿았다. 강가로 내려가 보았다. 수초 더미들 사이로 물비린내가 물큰 솟았다. 죽은 물고기를 뜯어 먹던 비둘기가 날아올랐다. 멀리 가지 않고 다시 근처에 내려앉아 내 눈치를 살폈다. 색이 바랜 쓰레기가 어지럽게 널려 있었다. 기둥에 어두운 이끼가 가득했다. 진흙을 밟을 때마다 불쾌한 기운이 발목을 잡았다.

이제 유람선은 선유도를 지나 성산대교 쪽으로 이동한다. 선미에서 벌어진 물결이 점점 여울지더니 강변까지 밀려들었다.

유람선은 강을 헤치며 나아가는 동시에 온갖 부유물들을 강변으로 밀어내고 있었다.

　그날 나는 양화대교 그늘에 앉아 오후를 보냈다. 시간이 흘렀지만, 한강은 멀어지지도 가까워지지도 않았다. 작은 물줄기와 큰 물줄기를 가리지 않았다. 강의 낯빛이 어두워지자 나는 비탈길을 올라 합정역으로 향했다. 물소리가 따라왔지만, 개의치 않았다. 혼자라는 사실은 바뀌지 않았다.

인터뷰이

우리는 각자가 어두운 우주. 진공상태를 떠도는 행성. 오직 길을 따라 움직이고 있다는 사실로 위안받는다.

*

도착한 뒤 20분 정도 기다려야 했다. 대기실에는 양복 차림에 넥타이를 맨 대리기사들이 50명 남짓 모여 있었다. 매일 밤거리에서 스치듯 마주치기는 했지만 이렇게 한자리에 모인 경우는 처음이었다. 주위를 둘러보던 눈빛이 공중에서 마주치면 누가 먼저랄 것도 없이 시선을 돌렸다. 비슷한 장면이 몇 번 지나자 아무도 고개를 들지 않았다. 연령대는 대부분 중년을 넘어가고 있었다.

출입문 표지판에는 '세미나실'이라는 푯말이 붙어 있었다. 잠시 후 문이 열리고 상기된 표정의 남자가 나오자, 직원이 리스트를 살피고 내 이름을 불렀다. 나는 자리에서 일어나 문으로 걸어갔다.

면접관은 한 사람이었다. 문을 열고 들어서자 면접관은 보고 있던 서류에서 고개를 들고 나와 눈을 마주쳤다. 밝은 민트색 셔츠에 귀밑까지 내려오는 머리는 알맞게 컬이 들어가 있었다. 귀고리는 없지만 귓불에 구멍을 뚫었던 흔적이 보였다. 전체적으로 후덕한 인상이었지만 다부진 입매가 전문직다운 분위기를 풍겼다. 눈가 주름은 웃고 있는 입 모양을 따라 움직였다. 가까이 다가가자 그녀는 내가 앉을 자리를 손으로 가리켰다. 그녀 맞은편 5미터 정도 떨어진 곳에 일인용 책상과 의자가 있었다. 나는 목례하고 자리로 향했다. 의자를 뒤로 당기자 바닥에 끌리는 소리가 났다. 잠시 침묵. 그녀는 서류 넘기던 손으로 목덜미를 주물렀다. 창밖으로 불분명한 도시의 소음이 들렸다. 창문은 투명한 필터처럼 날카로운 소리의 각을 둥글게 다듬었다. 나는 책상이 너무 하얗다고 생각했다.

그녀는 화이트보드 앞 단상에 긴 책상을 놓고 앉아 있었다. 맞은편 내가 앉아 있는 책상과 의자 외 나머지 집기는 모두 사무실 뒤편으로 밀어 놓았다. 면접은 오랜만이다. 복장 규정엔

양복과 와이셔츠, 넥타이가 필수라고 했다. 와이셔츠는 어젯밤에 구입 후 바로 입고 나왔다. 고개를 돌릴 때마다 목덜미가 쓸렸다. 제대로 닦지 못한 구두가 신경 쓰였다. 손을 어디에 둬야 할지 난감했다. 그녀는 보고 있던 서류에서 고개를 들고 내 이름을 확인했다. 바로 질문이 시작되었다. 나는 대답하면서 자연스레 책상 위로 손을 옮겼다.

Q. 먼저 프리미엄 대리기사에 지원해 주셔서 감사드립니다. 간단히 자기소개 부탁드립니다.

안녕하세요, 대리기사입니다

대학 졸업 후 5년 동안 광고회사에서 근무했다. 원만한 성격은 아니지만 대인관계에 영향을 줄 만큼 예민하지도 않다. 오히려 한 프로젝트를 동료들과 함께 진행해 그 결과물을 공유한다는 것에 희열을 느낀 순간도 많았다. 기획 팀에 있으면서 새로운 아이템을 생산해 내고, 결과가 다양한 방식으로 활용되는 걸 즐겼다.

인쇄광고전문회사로, 광고주 영향을 많이 받았다. 새로운 광고주가 영입되지 않은 가운데 기존 광고가 줄어들었다. 회사는 자연스레 파산절차를 밟았다. 눈치 빠른 직원들이 그 전에 먼저 다른 회사로 이직했다. 경쟁은 치열했다. 대부분 단가 경쟁이었다. 남들보다 더 싸게 납품하겠다는 신생 업체들이 늘었다. 규모가 작은 업체일수록 경기 흐름에 직접적인 영향을 받을 수밖에 없었다.

어느 날 야근 중 담배를 피우러 내려갔을 때 누군가 다가와 말을 걸었다. 혹시 대리 부르셨나요? 나이는 50대쯤 됐을까. 목소리가 탁했다. 남자는 티셔츠에 크로스 백을 메고 있었다. 회색 면바지 아래 운동화 차림이었다. 내 대답을 듣자 남자는 다급히 손에 든 휴대전화로 무언가를 확인했다. 그때 출입문이 열리며 아래층 회사 디자이너가 밖으로 나왔다. 남자가 고개를 들더니 다시 물었다. 대리 부르셨나요? 디자이너는 남자와 몇 마디 말을 나누더니 함께 주차장으로 걸어갔다. 그때가 처음이었다. 다음 날 디자이너와 얘기를 나눴다. 그는 차를 가져온 날 회식이 잡히면 대리운전을 이용한다고 했다. 요금을 듣고 놀랐다. 다른 사람 차를 운전해서 그 돈을 벌어 간다는 것이 신기했다. 또한 그런 방식의 노동이 있다는 것에 감탄했다.

대리운전 일을 시작하고 첫 콜을 잡았던 순간을 기억한다. 인천으로 가는 콜이었다. 주말 저녁, 지인 집들이를 마치고 돌아가는 가족이었다. 차는 쏘렌토. 아파트 지하 주차장으로 내려가자 남자는 뒷좌석에 카시트를 정리하고 있었다. 나는 인사를 하고 운전석에 올랐다.

처음 대리운전 프로그램을 깔았을 때 휴대전화 화면으로 수없이 쏟아지는 콜 정보에 정신을 차릴 수 없었다. 어떤 콜을 잡아야 할지 엄두가 나지 않았다. 당시에는 콜이 나오는 지역에 대한 정보나 이동 방법에 대한 노하우가 없었다. 콜창을 거리순으로 조정한 터라 현재 내 위치에서 가까운 곳에 뜬 콜이 리스트 상단에 보였다. 목적지는 천차만별이었다. 콜창에는 기본적으로 출발지와 도착지, 이동시간, 주행시간, 요금 같은 정보들이 뜬다. 어떤 콜을 잡을지 선택은 기사 몫이다.

내 위치에서 가장 가까운 콜은 화면에 팝업 형식으로 떴다가 사라진다. 누군가(나와 근거리에 있는 다른 대리기사겠지.) 콜 수락을 한 것이다. 혹은 아무도 잡지 않는 경우도 있다. 그런 콜은 다시 리스트에 포함된다. 그런 콜을 '바닥콜'이라고 부른다. 대부분의 기사들이 선호하지 않는 지역이거나, 가격이 너무 낮은 콜이 바닥콜이 된다. 도착지가 번화가 근처이거나 가격이 좋은 콜은 금세 사라진다. 내가 출발지와 목적지에 대한 정보를 확인하고, 운행 시간과 요금에 대한 적정선을 검토하는 동안 다른 기사들은 그 콜을 잡고 이동한다. 나는 판단력과 순발력에서 그들을 따라잡을 수 없었다. 다음번에 올라오는 콜은 확인 없이 무조건 잡으리라 다짐했다. 경쟁에서 이기려면 몇 가지를 포기해 경쟁력을 올릴 수밖에 없다.

인천으로 가는 콜을 잡은 그날, 나는 오이도역에서 출발하는 첫차를 타고 돌아왔다.

Q. 안내문을 통해 아시겠지만 이번에 우리 기업은 대리운전 시장에 좀 더 고급화된 프리미엄 서비스를 론칭하려고 합니다. 해서 아무래도 기존에 일하시던 방식과 다른 부가서비스가 포함됩니다. 지원자분께서 이런 부가서비스에 대해 어떤 입장을 가지고 계신지 궁금합니다.

당신이 오늘 만나는 마지막 사람

매일매일 보상이 주어진다는 것. 하루치 노동의 대가를 바로 확인할 수 있다는 것이 이 일의 매력이다. 하지만 때로 같은 이유로 그것이 족쇄처럼 느껴진다. 하루 일을 쉬면 그날 수입은 없다. 직장 생활을 할 때는 생각지 못한 부분이다. 그래서 특별한 일이 없다면 주중에 매일 출근하는 것을 목표로 한다. 이 일은 날씨에 영향을 많이 받는다. 비가 오면 불빛이 번져 시야를 흐리게 한다. 신발이 젖어 기동력이 떨어진다. 눈이 내리면 도로가 얼어붙는다. 브레이크를 밟는 순간 바퀴가 미끄러진다. 악조건이 많아진다. 변수가 늘어난다. 모든 변수를 고려할 수 없지만 최소한 내가 관리할 수 있는 범위를 설정하는 데 3년이라는 시간이 들었다.

직접 해 보기 전에는 알 수 없는 일이었다. 내가 운전을 좋아한다는 사실도 전에는 알지 못했다. 늦은 밤, 강변북로를 달리면 문득 정신이 아득해지는 순간이 있다. 세상은 고요하고, 차체로 전해지는 진동은 굳어 있던 근육을 부드럽게 울리고 밤의 적막 속으로 사라진다. 강 건너 건물 불빛이 아득히 보이다 어느 순간 가깝게 다가온다. 차주는 잠들어 있고, 심야 라디오에서 올드팝송이 흘러나온다. 차선을 따라 핸들을 돌리며 도로의 굴곡을 몸으로 익힌다. 내 안으로 들어온 것들은 모두 내가 몰랐던 나를 만들어 간다. 때로 나는 그런 나와 대화를 이어 간다.

지금껏 대리운전 일을 하면서 경험해 보지 못한 차량을 운전할 수 있었고, 이때껏 가 보지 못한 곳을 갈 수 있었다. 고객에게 운전을 차분하게 한다는 말을 자주 들었다. 과속하지 않는다. 최대한 차량에 무리가 가지 않는 방향으로 운전한다. 그것은 승차감을 높이는 방법과 다르지 않다. 승차감을 위해 차량에 많은 기능이 추가된다. 에어서스펜션과 타이어 공기압, 차체 무게 배분 등 많은 요소가 복합적으로 작용한다. 하지만 가장 중요한 것은 속력을 높이지 않는 것이다. 대리기사에게 시간보다 중요한 것은 없지만, 신호위반과 과속으로 벌 수 있는 시간은 고작 5분 남짓이다. 5분 일찍 도착하기 위한 과속은 사고 위험을 높일 뿐이다.

대리운전은 시간과의 싸움이다. 콜이 나오는 시간은 정해져 있다. 짧은 시간에 많은 콜을 타는 것이 중요하다. 그런 일의 특성상 안전 운행은 부차적일 수밖에 없다. 하지만 돈을 많이 버는 것만큼 안전하게 운행을 마치는 것 역시 중요하다. 그렇다고 운행료에 대한 욕심을 버리긴 힘들다. 안전하게 운행하면서 다른 콜에 비해 단가가 높은 콜을 잡을 수 있다면, 그 기회를 굳이 마다할 이유가 없다.

차에 시동을 걸 때부터 최대한 빨리 운행을 마치고 싶다. 자정을 기점으로 콜수는 급격히 줄어든다. 그 전에 좋은 단가의 콜을 더 많이 타야 한다. 하루 평균 운행 건수는 다섯 건. 하지만 고객 입장에서 보면 그들은 하루에 한 번 대리운전을 이용할 뿐이다. 모임을 마치고 인사해야 할 사람이 생길 수도 있다. 자리를 정리하고 책임질 일도 발생한다. 헤어지기 전에 담배를 나눠 피우고 싶다. 화장실도 들러야 된다. 차에 타기 전 해결해야 할 일이 많다. 그 시간까지 염두에 둔다. 물론 마음이 급해지기도 한다. 그때마다 생각한다. 나는 당신이 오늘 하루 만나는 마지막 사람이다.

Q. 지금까지 대리운전을 하면서 가장 힘들었던 경험이 있다면 말씀해 주세요.

손에 남은 피비린내

일을 시작하고 한 달 정도 지난 겨울이었다. 성북동에서 장위동 가는 콜을 받았다. 지도상 직선거리로 표시되지만 실제로 언덕길을 넘어가야 돼서 도착하는데 예상보다 오래 걸렸다. 비탈길을 절반쯤 올랐을 때 이미 숨은 턱까지 차고, 옷은 흠뻑 젖었다. 걸음을 멈추면 패딩 재킷 소매로 열기가 빠져나오는 게 느껴졌다. 지퍼를 열자 사우나에 들어온 듯 가슴팍에서 수증기가 피어올랐다.

앱에 표시된 지점으로 도착했다. 다시 전화를 걸어 고객을 만났다. 도로를 따라 음식점이 늘어선 거리였다. 그는 길가에 서 있었다. 뒤이어 일행으로 보이는 남자 두 명이 가게 문을 열고 밖으로 나왔다.

기사님, 담배 한 대 피우고 탈게요.

어차피 숨 돌릴 시간이 필요했던 터라 흔쾌히 그러라고 했다. 남자에게 키를 받고 차를 찾았다. 여러 대의 차가 길가에 일렬로 주차돼 있었다. 남자는 담배 든 손으로 차를 가리켰다. 나도 손가락으로 남자의 손짓을 따라갔다.

어떤 차? 이 차?

저 차!

저 차?

그 차는 앰뷸런스였다. 재차 손짓으로 저 차가 맞는지 되물었다. 남자는 담배를 입에 문 채 고개를 끄덕였다. 남자는 사설 구급차 운전 직원이었다. 구급차 운전은 처음이었다. 일단 차 문을 열고 운전석에 앉았다. 키를 꽂고 시동을 걸었다. 계기판에 불이 들어오면서 차체가 크게 흔들렸다. 센터페시아에 알 수 없는 버튼이 많았다. 다행히 오토 차량이었다. 나는 시트를 조절하며 실내를 살폈다. 이 차를 운전할 수 있을까. 1종 보통면허로 운행이 가능한 차량이기는 했다. 경험은 없었다. 하지만 처음이라고 말하기 싫었다. 왠지 초보처럼 보일 것 같았다. 얕잡아 볼 것 같았다. 잠시 후 차주가 옆자리에 탔다. 그리고 뒷문이 열리고 일행이 차에 오르는 소리가 들렸다. 구급차는 뒷자리가 막혀 있다. 그 뒤에 탄 사람들이 어떻게 앉아 있는지 보이지 않았다. 드라이브 기어를 놓고 차를 출발시켰다. 언덕길을 돌아 내비가 가리키는 방향으로 핸들을 돌렸다. 곧 남자가 뒷좌석과 연결된 창문을 열고 말했다.

야, 창문 열고 담배 피워. 괜찮아. 어차피 실내 세차 해야 돼. 이 냄새 쉽게 안 빠져.

그러고 보니 창을 열자마자 알 수 없는 냄새가 앞으로 넘어왔다. 열어 놓은 창으로 어떤 기운이 훅 끼쳤다. 그 냄새는 갑자기 찌르듯이 들어와 긴 관처럼 코를 뚫고 폐까지 이어졌다. 피비린내였다. 피가 공기 중에 노출된 뒤 시간이 지나 말라붙었을 때 나는 냄새였다. 언젠가 받아 온 생선을 싱크대에 두고 일주일 동안 집을 비웠다 돌아왔을 때 났던 냄새. 단백질이 썩었을 때 나는 냄새. 인간의 껍질과 살이 썩으면서 나는 냄새. 다행히 직접적인 냄새는 아니었다. 다만 그 흔적이 느껴지는, 자취가 느껴지는 냄새. 처참했던 흔적이 연상되는 냄새였다. 그때 이 구급차 뒷자리에는 다급하게 피를 흘리는 누군가가 타고 있었을 것이다. 그는 어떻게 됐을까. 무사히 병원에 도착했을까. 아니면 그대로 생을 마감했을까. 이 구급차에서 생을 마감했을지 모른다. 핸들을 잡은 손바닥이 끈적거렸다. 호흡 간격이 짧아지며 차츰 숨 쉬기가 힘들어졌다. 차는 마침 신호등에 걸릴 참이었다. 신호등이 노란색으로 바뀌자 나는 속도를 줄였다.

기사님, 그냥 가세요.

말을 마친 남자가 천장에 달린 버튼을 조작했다. 그러자 사이렌 소리가 한번 울리며 지붕에 달린 경광등이 번쩍였다. 구급차 주위가 붉게 점멸했다.

그냥 가셔도 돼요.

남자는 대수롭지 않게 말했다. 마침 사거리에 대기 중인 차들도 움직이지 않았다. 나는 액셀에 힘을 주었다. 차는 그대로 사거리를 통과해 좌회전했다. 이후 남자는 사이렌을 껐다. 경광등은 그대로 두었다. 많은 차가 길을 비켜 주었다. 구급차는 눈 내리는 시내를 경광등을 번쩍이며 달려갔다.

그때 맡았던 냄새는 아직도 또렷이 기억한다. 살아 있는 것에서 날 수 없는, 죽음에 가까운 냄새였다. 죽음을 예비하는 냄새였다. 다음 날 나는 이 일을 계속할 수 있을지 진지하게 고민했다.

Q. 일하시다 보면 의도치 않게 고객과 불미스러운 일에 휘말리기도 합니다. 이런 경우 어떻게 대처하시는지 알고 싶습니다.

진상에 대해 말해 보자

누구나 진상이 될 수 있다. 진상은 어떤 사람인가?

그는 진상인가? 그는 신분이 분명한 사람이다. 직장에서 중간관리자 위치에 있으며, 아랫사람에게 관심과 존경을 받고 있다. 관리해야 할 직원이 많으며, 자신 역시 그 책임을 기꺼이 지고 있다. 오히려 그 책임의 무게만큼 존재감이, 사회적 지위가 굳건하다 믿는다. 자신에 대한 믿음이 강한 사람이 으레 그렇듯 어느 정도 아량도 베풀 줄 알며, 강하게 밀고 나갈 때와 유려하게 피할 때를 구분할 줄 안다. 피해를 최소화하면서도 자존심과 실리를 지키며 돌아가는 법도 안다. 미래를 위해 지금 고개 숙이는 것을 부끄러워하지 않는다. 그 순간을 기억하고 언젠가 몇 배의 이익으로 되갚을 다짐을 한다. 그는 그런 사람이다. 그 사람이 내 뒤에 타고 있다. 내 뒤에 앉아 내게 반말을 하고 있다.

야! 너 뭐 하냐? 너무한 거 아니야?

처음에는 잘못 들은 줄 알았다. 혹은 누군가와 통화 중이라 생각했다.

너무한 거 아니냐고!

네? 저보고 하신 말씀인가요?

그래! 너 말이야!

순간 뒤에서 누군가 붙잡고 있는 듯 목덜미가 뜨거워졌다. 열기는 차츰 번져 볼을 타고 이마까지 올라왔다. 나는 이제 막 이면도로 안으로 접어들었고, 사람들이 양쪽에서 길을 건너고 있었다. 눈앞이 흐려지며 손끝이 떨렸다. 차를 세울까? 세우고 싶었다. 여기서 운행을 포기할까? 포기하고 싶었다.

평범하던 사람이 갑자기 아무 이유 없이 이런 말을 하지는 않을 터. 나는 천천히 속도를 줄이며 내가 했던, 혹은 했을지도 모를 실수를 되짚어 보았다.

우리는 남대문 인근 은행 본사 건물에서 잠원동으로 출발했다. 로비에서 기다린 지 5분. 말쑥하게 차려입은 남자 두 명이 회전문을 통해 건물 안으로 들어왔다. 잠원동 가는 기사님이신가요? 안녕하세요. 키 큰 남자가 내게 먼저 말을 걸며 인사를 건넸다. 곁에 있던 남자도 따라 고개를 숙였다. 우리는 함께 엘리베이터를 타고 지하 4층으로 내려갔다.

먼저 가서 미안하고, 김 대리가 나머지 애들 좀 잘 케어해 줘.

네, 부장님. 걱정 마십시오.

이번 건만 잘 마무리하자고. 지켜보는 눈이 많아.

알고 있습니다.

그래, 파이팅.

네.

엘리베이터 문이 열리고 나는 키 큰 남자(그의 직책은 부장이었다.)와 주차장 구석으로 향했다. 구형 SM5 전조등이 반짝이며 사이드미러가 열렸다.

들어가, 들어가.

부장은 따라오는 김 대리를 만류했다.

네, 그래도 부장님 가시는 거 보고 가야죠.

김 대리는 부장이 차에 탈 때까지 자리를 지켰다.

나는 운전석에 앉아 시동을 걸고, 시트를 조정하고, 안전벨트를 맨다. 휴대전화에 '운행 시작' 버튼을 누르고, 대략적인 주행 경로를 파악한다. 남산 3호 터널을 통과해 반포대교를 건너

면 잠원동이다. 경사로를 따라 지하 주차장을 빠져나온다. 오래
된 건물이 그렇듯 폭이 좁다. 시야는 제한적이다. 바닥에서 튀어
나온 연석의 노란 빗금이 위협적으로 다가온다. 범퍼가 닿을 듯
하다. 휠을 긁을 것 같다. 양측 사이드미러를 번갈아 보며 천천
히 가속한다. 구형 SM5는 경사로에서 가감속에 취약하다. 액셀
에서 발을 떼는 순간 기어변속 충격이 전해진다. 차가 앞뒤로 울
컥한다. 지하 4층에서 지상으로 올라오기까지 몇 번의 충격이
있었다. 가까스로 지상에 도착해 핸들을 오른쪽으로 돌리는 순
간, 오른편으로 김 대리가 서 있는 것이 보였다. 마지막까지 인
사를 하려는 것이다. 어, 김 대리? 부장이 창문 버튼을 누르는
조작음이 들렸다. 하지만 창문은 내려가지 않았다. 이거 왜 창
문이 안 내려가지? 그는 당황한 듯했다. 나는 건물 초입을 빠져
나와 대로로 진입했다. 아이가 있는 집 차가 으레 그렇듯 창문
조작 버튼에 잠금장치가 되어 있었다. 김 대리는 이미 시야에서
사라진 뒤였다.

남산 3호 터널을 통과해 반포대교로 접어들자 뒷자리에서
코고는 소리가 들렸다. 반포대교 남단에는 성모병원사거리까지
이어지는 고가도로가 있다. 내비는 고가도로 우측 방향으로 진
입 후 좌회전이라고 안내했다. 고가도로 밑에서 좌회전 차선으
로 핸들을 돌렸지만 정면에 신호는 보이지 않았다. 언제 진입해
야 할지 알 수 없었다. 나중에 안 사실이지만 우측 횡단보도 신

호가 들어오면 진행할 수 있었다. 보행자 신호가 차량 흐름을 막아 줄 터였다. 하지만 그때는 알지 못했다. 눈치껏 슬금슬금 차를 전진시켰다. 그러다 오른편에서 교각을 끼고 좌회전하는 차량과 만나고 말았다. 기둥에 가려 전혀 보이지 않았다. 그쪽도 마찬가지였을 것이다. 서로 급정거하면서 차체가 앞으로 쏠렸고, 뒷자리에서 무언가 시트 바닥으로 떨어지는 소리가 났다. 남자가 손에 들고 있던 휴대전화였다. 좌회전 신호를 받고 진입했던 차량이 경적을 울리고 라이트를 번쩍였다. 나는 차량을 보내고 나서야 샛길로 진입할 수 있었다.

야! 너 뭐 하냐?

잠에서 깨어난 남자가 말했다.

운전 이따위로 할 거야?

나는 천천히 속도를 줄이며 내가 했던, 혹은 했을지도 모를 실수를 되짚어 보았다. 지하 주차장에서 운전 미숙으로 실내에 충격이 전해졌다. 창문 잠금장치를 미리 풀지 않아 마지막까지 배웅하려던 직원과 인사를 하지 못했다. 방지턱에서 속도를 줄이지 못해 차체가 덜컹거렸다. 교차로를 통과하며 급제동으로 놀라게 했다.

이중에 있을 것이다. 혹은 이 모든 게 합쳐진 것일 수도 있다. 차를 세우고 싶었다. 더 이상 운행은 불가합니다. 안내하고 내리고 싶었다. 얼굴에 남은 열기는 쉽게 가라앉지 않았다. 손끝이 저릿저릿했다. 그때 내비 안내 음성이 인이어로 들렸다. 잠시 후, 좌회전입니다. 곧이어 500미터 앞 목적지에 도착합니다.

재개발을 기다리는 아파트 단지에는 지하 주차장이 없다. 지상 주차장에는 이중, 삼중으로 주차된 차량이 이면도로까지 가득 메우고 있다.

주차는 어디에 할까요?

내가 말했다. 다행히 목소리는 떨리지 않았다.

남자는 인도와 차도 사이 좁은 공간을 가리켰다. 평행주차로 마무리하고 기어를 파킹에 놓았다. 시동을 끄고 운전석에서 내렸다. 아직까지 얼굴이 화끈거렸다. 강바람이 얼굴에서 남은 열기를 가져갔다.

이거, 제대로 온 거 맞아?

남자가 말했다.

나는 남자를 쳐다봤다.

왜 이렇게 오래 걸렸어? 돌아온 거 아니야? 너, 내가 블랙박스 확인해 본다?

대로변으로 이동하려던 나는 걸음을 멈추고 뒤를 돌아봤다. 남자의 표정은 얇게 뜬 기름처럼 얼굴 위에서 겉돌았다.

남자는 이런 생각을 하고 있었다.

약간의 급정거와 사소한 실수로 인해 나는 처음 보는 사람에게 함부로 말했다. 저 대리기사는 내 직장을 알고 있다. 지금은 중요한 결정을 앞둔 시기다. 결과에 따라 승진과 상여금이 결정될 것이다. 작은 일에도 실수해서는 안 된다. 변변한 주차장도 없는 거지 같은 아파트지만 재개발이 진행되면 또 모를 일. 그때까지 이 똥차로 버티는 거다. 지금껏 잘 버텨 왔다. 오늘 일은 실수가 분명하지만, 저 사람 잘못이 크면 내 잘못은 덮이는 거다. 그래, 내가 막말은 했지만, 잘못은 저 사람이 더 먼저, 더 크게 한 거다. 쓸데없이 길을 돌아온 거면 어떨까. 서울 지리에 익숙하지 않으면 그럴 수 있지. 남대문에서 잠원동까지 경로는 뻔하지만, 일단 우기고 보는 거다.

잃을 것이 많은 사람은 겁이 많다. 남자의 변명 같은 지적을 들으며 나도 같은 생각을 했다. 남자는 번듯한 직장과 재개발 수익을 기대하는 아파트를 가졌다. 남자는 잃을 것이 많아 겁이 났을 뿐이다.

나는 등을 돌려 고속터미널 방향으로 걸었다. 운행을 포기할 수도 있었다. 상황실에 고객의 폭언을 알리고 다음 콜을 잡으면 그만이다. 필요하다면 휴대전화 블랙박스를 제출할 수도 있다. 하지만 나는 운행을 마쳤다. 가로수마다 재개발을 촉구하는 플래카드가 길게 걸려 있었다.

Q. 간혹 고객 사정에 의해 경유나 대기가 있을 수 있습니다. 그에 따른 비용은 내부 기준에 맞춰 지급되지만, 그만큼 기사님 시간이 소요됩니다. 기사님 생각을 듣고 싶습니다.

스탠 바이 미

기다린다. 연락이 오기를 기다린다. 기다린다. 그 사람이 오기를 기다린다. 기다리는 행위를 마치기 위해서는 두 사람이 필요하다. 누군가를 기다릴 때 나는 두 사람이 된다. 기다리는 사람과 기다림을 끝마칠 사람. 기다리며 나는 그 사람이 되어 본다. 그는 어디쯤 오고 있을까.

대리운전은 기다림의 연속이다. 대기하고, 이동하고, 기다린다. 거리에서 콜이 울리기를 기다린다. 고객이 위치한 곳까지 이동한다. 고객이 술자리를 마치고 나올 때까지 대기한다. 그리고 운행을 마치면 다시 콜이 울리는 지역으로 이동한다.

운전하는 시간뿐 아니라 대기하는 시간까지 일의 연속이다. 어떤 콜을 잡아야 할지, 잡지 말아야 할지 끊임없이 고민해야 한다. 모든 기사가 좋은 콜지로 가는, 높은 가격의 콜을 받기 원한다.

콜을 잡고 전화 걸었을 때 남자는 잠시만 기다려 달라고 했다. 그 말을 들은 지 30분이 넘었다. 언제 올지 모른다. 무작정 기다려야 한다. 이유는 다양하다. 나는 알지 못한다. 짐작할 뿐이다. 그는 자신을 기다리는 사람이 있다는 것을 알고 있다. 알고 있지만 신경 쓰지 않는다. 그럴 필요가 없다. 대리기사 대기 비용은 이미 업체를 통해 책정되어 있고, 대기시간에 따라 지급될 것이다. 그러니 문제가 안 된다. 그 문제는 온전히 대리기사 몫이다. 그렇다. 나에게 쌓인다. 나는 그를 기다리며 점점 무거워진다. 몸과 마음이 서로 얽히면서 함께 무거워진다.

30분 뒤 남자는 일행과 함께 건물 입구에 도착했다.

대리기사님?

남자는 내가 대리기사인 걸 확인하고 다시 일행들과 헤어지기 전에 인사를 나눴다. 긴 인사였다. 가족 안부를 묻고 내일 일정을 확인하고, 개인사를 챙겼다. 30분 전 통화했을 때 남자는 1분만 기다려 달라고 했다. 그 말을 끝으로 전화를 끊었다. 그래서 나는 1분을 기다렸다. 1분 뒤에 다시 1분을 기다렸다. 그렇게 10분이 되었다. 그 뒤로 시간 단위는 1분이었다. 화장실을 갈 수도, 자리를 벗어날 수도 없었다. 언제 남자가 도착할지 몰라 연신 주위를 살폈다. 남자가 1분이라고 했기 때문이다.

많은 사람이 지나갔다. 퇴근하는 사람과 저녁 식사 후 다시 일하러 가는 사람. 건물 밖에서는 로비가 훤히 들여다보였다.

30대로 보이는 남자가 '보안' 마크가 달린 검은색 조끼를 입고 데스크에 서 있었고, 검색대가 그 옆에 있었다. 퇴근하는 사람들은 그 안에 소지품을 넣고, 신분증을 게이트에 가져다 댔다. 그때마다 보안 요원의 눈이 날카로워졌다. 그는 같은 눈빛으로 나를 한 번씩 흘깃거렸다. 시선을 마주치지 않아도 알 수 있다. 그는 내 존재를 쉽게, 한 번에 파악했을 것이다. 하지만 오래도록 건물을 배회하는 행위를 이해하지 못할 것이다. 마침내 남자가 도착했을 때 나는 이미 지친 상태였다. 반가움과 함께 서운함이 밀려들었고, 곧이어 알 수 없는 분노가 치밀었다. 얼굴이 붉어지고 당장이라도 거친 말을 내뱉을 것처럼 입이 벌어졌다. 내 표정은 마스크 안에서만 변했다.

콜창에 남자의 직장과 직책이 적혀 있었다. 남자는 한국을 대표하는 기업 상무였다. 기업에서 이용하는 법인 콜이었다.

상무 일행은 두 명이었다. 키가 큰 남자는 캐주얼한 복장에 30대쯤 되어 보였고, 그 옆에 선 아담한 체구의 여자는 손에 케이크 상자를 들고 있었다. 그들은 빌딩 앞에 도착해서도 한동안 담소를 나누었다. 나는 부러 그들 앞을 서성였다. 남자 직원과 눈이 마주쳤다. 상무는 내가 이미 도착해 있다는 걸 알고 있었다.

어머, 내 정신 좀 봐. 사무실에 가방을 놓고 왔네.

여자가 게이트 앞에서 말했다. 그러자 상무 역시 사무실에 볼일이 있다고 했다.

그럼, 저 먼저 가 보겠습니다.

남자 직원은 타이밍 좋게 인사를 하고 돌아섰다. 그가 건물 모퉁이를 돌아 사라질 때까지 두 사람은 움직이지 않았다. 잠시 후 여자가 먼저 걸음을 옮겼다. 상무는 여자 뒤를 따랐다. 그들은 함께 게이트를 통과해 엘리베이터 앞으로 갔다. 나란히 걷던 상무의 한 손이 여자 팔목을 스치는 것 같았다. 상무는 내게 잠시 더 기다려 달라고 했다.

로비에는 나와 보안 요원과 청소부만 남았다. 청소부는 직원 전용 출입문을 열고 나왔다. 푸른색 작업복을 입고 희끗한 머리 위에 작은 모자를 썼다. 목에 두른 수건으로 가끔씩 이마를 닦았다. 청소부는 구석에 세워진 전동카트에 앉아 시동을 걸었다.

로비 벽면에는 회사 창립 역사를 알리는 조형물이 있었다. 그 앞으로 게스트를 위한 소파가 놓였고, 천장에는 기하학적인 무늬의 조명이 반짝였다. 한참을 쳐다봐도 의미를 알 수 없었다. 계속 쳐다보게 만드는 것. 그게 의미인지도 몰랐다.

전동카트가 바닥을 닦으며 돌아다녔다. 청소부는 이따금 핸들을 조종해 방향을 결정했다. 로비는 넓었다. 저 속도로 청소하면 아마 한 시간 넘게 걸릴 것이다. 전동카트는 폭이 좁고 높이가 있어 바닥을 기어다니는 풍뎅이처럼 보였다.

보안 요원은 데스크에 서서 묵묵히 모니터를 내려다보고 있다. 카메라는 출입문과 복도를 비추고, 보안 요원은 그 안에서 움직이는 무언가를 찾고 있을 것이다. 평소와 다른 것, 평범하지 않은 것, 가령 이유 없이 서성이는 내 모습도 그 안에 있을 것이다.

청소부는 전동카트를 타고 부지런히 로비를 돌아다닌다. 바닥에는 하루 동안 지나다닌 사람들의 발자국이 묻어 있다. 전동카트는 바닥에 밀착되어 오물을 닦는다. 출입문을 통해 들어온 먼지와 낙엽, 곤충의 다리와 날개 일부 같은 것들. 청소부는 어쩌면 시간을 닦고 있는지 모른다. 그리고 나는 경기가 끝난 체스판의 폰처럼 로비 가장자리에 덩그러니 서 있다.

목덜미로 땀이 흘렀다. 퇴근 시간이 지나 에어컨을 끈 것일까. 사방에서 후텁지근한 열기가 조여 왔다. 곧이어 조명이 차례로 꺼지며 조도가 낮아졌다. 그 뒤로 몇 명이 더 퇴근했고, 몇 명이 더 사무실로 복귀했다. 나는 다시 밖으로 나갈 수도 없었다. 언제 상무가 내려올지 알 수 없었다. 출입문 밖에는 수행 기사로 보이는 남자들이 말끔한 정장을 입고 서 있었고, 그 옆으로 몇 대의 세단이 일렬로 정차해 있었다. 모두 검은색 제네시스였다. 차들은 주인을 기다리는 구두처럼 줄지어 얌전히 서 있었다.

상무는 그로부터 다시 20분이 지나서 1층으로 내려왔다. 혼자였다.

그는 매너가 좋았다. 운전석에 앉았을 때 시트 포지션을 조절해도 된다고 먼저 말했다. 에어컨 버튼 위치를 알려 주고 간략한 경로 안내까지 해 주었다.

그는 나를 인간적으로 존중했지만, 대리기사로서 하찮게 여겼다. 그날 나는 깨끗하고 불빛 환한 곳에서 50분 동안 대기했다. 업체를 통해 대기비는 10분에 3000원이라고 들었다. 운행 요금에 대기비 1만 5000원이 추가되었다.

밤을 걷는 기사

신기하지 않은가. 아무래도 알 수 없는 일이다. 저 수많은 사람이 평온하게 거리를 지나다니는 것이 신기하다. 모두 신기하다. 모종의 약속을 한 걸까. 모르는 사람들이 서로를 아무렇지 않게 스쳐 간다. 너무 가깝게, 가깝지만 부딪치지 않는다. 이중 누군가 뒤돌아 자신을 노려본다는 것을 의심하지 않는다. 아니지. 누군가는 자기도 모르게 긴장할지 모른다. 하지만 대부분 서로를 아무렇지 않게 지나친다. 왜 아무도 서로를 의심하지 않는가. 의심하는 나는 소극적인 방관자인가, 적극적인 소외자인가.

*

    일단, 걷는 것부터 시작하자. 걷다 보면 갈 곳이 생기고, 그곳에 도착하면 다시 걷게 된다. 집을 나서는 순간부터 걸어야 한다. 그렇게 걷다 보면 어느 순간 걷는다는 것의 의미를 알게 된다. 왼발과 오른발을 번갈아 움직이지만 시선은 항상 휴대전화 화면에 고정되어 있다. 그곳에 일이 있다. 그리고 일이 없을 때 느끼는 무력감이 있다. 손바닥만 한 휴대전화에 희망과 절망, 구직과 실직이 함께 존재한다.

    액정은 어둠 속에서 빛을 낸다. 시체에 벌레가 달라붙듯, 설탕에 벌레가 꼬이듯, 불빛에 날벌레가 반응하듯 대리기사는 항상 번화가 불빛을 향해 움직인다.

    술집 안에 가득한 사람들. 하루를 정리하며 내일을 계획하는 사람들. 술잔이 돌고, 목소리는 점점 커진다. 목소리를 타고 많은 말들이 날아다닌다. 낮에 하지 못했던 말들, 마음에 없던 말들, 하지 말았어야 했던 말들. 사과하고, 용서하고, 또 같은 실수를 반복하고, 내일이면 기억하지 못할 말들을 쏟아 낸다. 간혹 밖으로 나와 담배를 피우고, 허리 숙여 속엣것을 게워 낸다. 고개 젖혀 하늘을 보면 아무것도 보이지 않고, 그래도 견뎌야지, 같은 말을 되뇌던 순간들이 내게도 있었다. 저 사람들 가운데 한 사람이 나였다. 무리에 속해 서럽고, 무리에 속해 힘이 나던 순간들이 있었다. 이제 그들과 나 사이에 유리 한 장이 있을 뿐이지만, 그 유리는 투명한 거짓말이다. 당장이라도 문을 열고 들어가면 앉아 있던 사람들이 하나둘 눈을 마주치며 반갑게 손을 흔들고, 오늘 수고했다며 어깨를 두드려 줄 것 같다.

다시 걷는다. 대리 콜 목적지는 대부분 고객의 집이다. 가혹 2차, 3차를 위해 다시 번화가로 향하는 경우도 있다. 하지만 그런 경우를 기대해서는 안 된다. 베드타운에서 벗어나기 위해 제일 먼저 할 일은 걷는 것이다. 일단 걸어서 이곳을 벗어나야 한다. 고객에겐 목적지인 곳이 나에겐 그렇지 않다. 지도 앱을 실행시켜 현재 위치를 확인한다.

대단지 아파트에 도착하는 경우가 제일 곤란하다. 지하 주차장에서 지상으로 올라오는 순간 GPS가 방향을 잡지 못하고 엉뚱한 곳을 가리킨다. 지형지물을 확인하고 싶어도 주위엔 온통 같은 형태의 아파트뿐이다. 출구와 입구가 보이지 않는다. 단지 안 조명은 제한적이다. 밝지 않다. 무작정 걷는 수밖에 없다. 그때 멀리 대로의 가로등이 보이고, 차량의 불빛이 보인다. 나는 본능적으로 그 빛을 향해 걷는다.

걷다 보면 알게 된다. 왼발을 앞으로 내디디면 무게중심이 허리에서 반대쪽으로 이동한다. 동시에 오른발을 내딛는다. 무게중심도 함께 이동한다. 왼쪽과 오른쪽으로 교차한다. 무게 중심은 한곳에 머물지 않는다. 양팔을 함께 흔든다. 보조를 맞춘다. 이때 몸의 중심은 필요에 따라 상하좌우로 이동한다. 몸의 여러 기관들이 보조를 맞춘다. 걷는다. 넘어지지 않고 걷는다. 그러면서 폰은 손에서 떨어지지 않고, 시선은 화면에 고정되어 있다. 동시에 주변을 관찰할 수 있어야 한다. 어디서 장애물이 나타날지 모른다. 보도의 작은 턱, 파인 홈, 길의 낙차, 보도가 끊기고 차도가 시작되는 부분. 한 뼘 높이의 낙차에도 발목은 부러질 수 있다. 그 높이를 예상하지 못하고, 극복하지 못한다면 균형은 무너진다. 몸이 쓰러진다.

지난 새벽, 압구정 정류장 옆을 걷고 있을 때였다. 맞은편에서 외발 전동 휠을 탄 기사가 다가오고 있었다. 나는 시선 가장자리로 그를 확인했다. 그는 앞을 보는 대신 휴대전화에 시선을 고정하고 있었다. 우리 사이에 충분한 거리가 있었다. 다음 순간 그의 상체가 균형을 잃고 휘청이더니 이내 앞으로 고꾸라졌다. 보도블록 작은 턱을 밟은 모양이었다. 그는 전동 휠에서 떨어지면서 놓친 균형을 잡으려는 듯이 몸을 활짝 펼쳤다. 손에서 폰이 날아가고, 엎드린 자세 그대로 바닥에 쓰러졌다. 큰 소리가 났다. 도시에서는 듣기 힘든 제법 큰 소리였다. 그는 3초 정도 쓰러져 있다가 몸을 일으켰다. 그리고 다리를 절뚝이며 흩어진 보호 장구를 챙기기 시작했다. 인도 사이에 생긴 조그마한 경계. 평소에는 보이지도 않을 작은 턱이었다. 기사는 폰에 시선을 두고 있던 터라 미처 격차를 확인하지 못했고, 한 뼘 높이를 내려오는 동안 균형을 잃고 넘어진 것이다. 나는 일련의 과정을 전부 목격했다. 그러는 동안에도 걸음을 멈추지 않고 그 남자를 지나쳤다. 시선 한끝은 여전히 폰에 두고 있었다.

걷다 보면 보인다. 갈 수 있는 곳과 갈 수 없는 곳. 나는 잠긴 문 앞에 서 있다. 출입 금지. 관계자 외 출입 금지. 나는 어떤 사람인가.

늦은 밤, 빌딩 출입문이 잠겨 있다. 콜은 빌딩 지하에서 떴다. 고객은 이 빌딩에서 근무하는 직원인 모양이지. 하지만 출입증이 없는 나는 빌딩에 들어갈 수 없다. 유리문은 굳게 잠겨 열리지 않는다. 관리인도 보이지 않는다. 어떻게 해야 하나. 전화해서 사정을 설명할 수 있다. 그러면 술 취한 고객이 차에서 내려 엘리베이터를 타고 로비로 올라와 문을 열어 줄 것인가. 나를 위해? 그렇게 할 것인가. 불가능하다. 아무도 그렇게 하지 않는다. 그걸 요구할 수 없다. 그러면 다시 전화해 콜을 취소해 달라고 할 것인가. 전화를 받지 않는다. 사람들은 대부분 콜을 띄워 놓고 차에서 기다린다. 이제 곧 대리기사가 오면 자신을 집으로 데려다줄 거란 생각에 긴장이 풀린다. 잠이 쏟아진다. 전화가 울린다. 긴장이 풀어진 자리에 피곤이 쏟아지고, 잠에 취해 전화를 받지 못한다. 그렇게 그는 지하에서, 나는 건물 입구에서 연락이 닿지 못한 채 한없이 시간을 보내게 된다. 이런 상황을 기대한 것인가.

차주와 연락이 닿지 않는 경우는 허다하다. 노련한 기사라면 무작정 기다리거나, 휴대전화만 붙들고 있지 않는다. 차가 들어가는 곳이 있다면 나오는 곳이 있다. 어딘가에 건물 출구가 있을 것이다. 인적과 불빛이 끊긴 주변은 고요하고 어둡다. 출구를 찾아 이리저리 고개를 돌린다. 다행히 차량 한 대가 지하에서 올라오고 있다. LED 라이트 불빛이 흰수염고래처럼 크게 솟구친다. 나는 차가 나온 방향을 향해 뛴다. 출구에서 지하로 향한다. 체중이 앞으로 쏠리며 발 앞꿈치가 뜨거워진다. 원래 사람이 통행하는 공간이 아니기에 길은 험하다. 상관없다. 곧 이길을 내가 운전해 올라올 테니. 경사도와 폭을 가늠하면서 내려간다. 비탈길은 왼쪽으로 휘어져 한참을 내려간다. 폭은 좁고 경사는 급하다. 한 방향으로 빙글빙글 돌면서 내려간다. 폭은 좁지만, 그 좁은 폭이 일정하게 유지된다. 일정한 폭과 일정한 경사도. 내 몸은 그만큼 늘어나고, 휘어진다. 그 감각을 운전석에 앉을 때까지 기억해야 한다. 그 감각 안에서 차는 안전하게 회전하며 다시 지상으로 올라갈 것이다.

운전석에 앉으면 시야가 제한된다. 보닛 너머 보이지 않는 지점이 있다. 우선 양쪽에 솟은 에이 필러가 시야를 가린다. 배기량이 큰 대형차는 보닛이 앞으로 넓게 뻗어 있다. 운전석에서는 그 너머가 보이지 않는다. 코너를 돌 때 앞 범퍼가 어디까지 닿는지 알 수 없다. 얼마만큼 차량을 전진시켜야 될지 가늠할 수 없다. 오직 감각에 의존해 차를 빼내야 한다.

차량 폭이 차종마다 조금씩 다르듯 주차장 너비도 건물마다 다르다. 입구와 출구를 함께 사용하는 곳도 있고, 분리된 곳도 있다. 대형차가 편하게 돌아 나갈 수 있을 만큼 폭이 넉넉한 곳도 있고, 차체를 벽면에 바짝 붙여야 겨우 빠져나갈 수 있을 만큼 좁은 곳도 있다. 그런 곳은 주차장 벽면에 차들이 긁고 나간 흔적이 길게 남아 있다. 페인트가 벗겨져 콘크리트가 허옇게 드러나 있다. 차체가 회전하면서 라이트 불빛이 벽면을 비출 때마다 지하 감옥으로 향하는 길처럼 등골이 오싹해진다.

차주는 지하 5층에 있다고 했다. 비탈길은 반복되며 한 방향으로 나를 이끌었다. 천장 센서 등이 순차적으로 켜진다. 각층마다 벽면에 차들이 날카롭게 긁히고 지나간 흔적이 이어진다. 이쯤 되면 운행하게 될 차가 대형차가 아니길 바랄 수밖에 없다.

차는 제네시스 G90이었다. 나는 그 빌딩 이름을 잊지 않기로 했다.

노부부는 지방에서 상경했다고 했다. 자정이 넘은 시각. 나는 강남에서 교대 방향으로 가는 간선버스를 타고 있었다. 슬슬 콜이 끊길 시간. 체력도 얼마 남지 않았다. 젖은 솜처럼 몸이 가라앉고 하품할 때마다 피로가 정수리로 한 방울씩 떨어지고 있었다. 이대로 버스를 타고 집으로 돌아갈까. 교대에서 집 방향으로 가는 콜이 뜬다면 얼마나 좋을까 생각하던 차에 정류장에 버스가 멈추고 출입문이 열렸다. 차례로 승차하는 사람들 뒤로 노부부가 마지막으로 들어섰다. 할아버지는 중절모에 갈색 재킷을 맞춰 입었고, 할머니는 보라색 한복을 입고 있었다. 한 손에 보자기로 싼 납작하고 네모난 상자를 들고 있었다. 출입문을 닫고 출발한 버스는 교대사거리에 멈춰 섰다. 초로의 부부였다. 기사 양반 부탁 좀 합시다. 할아버지가 버스 기사에게 말을 건넸다. 나는 기사 뒤편 노약자석에 앉아 있던 터라 자리 양보를 해야 하나 고민하던 중이었다. 엔진음에 가려 대화는 잘 들리지 않았다. 두 사람이 몇 마디 말을 섞은 뒤 할아버지는 버스 뒤로 걸어갔다. 나는 자리 양보할 타이밍을 놓쳤다. 잠시 후 뒤쪽에서 새된 고함 소리가 터졌다. 젊은 놈이 매정하기도 하지. 인생 그렇게 살면 안 된다. 어디서 배워 먹은 버릇이냐. 내가 서울 와서 이런 경우는 또 처음 당해 본다. 할아버지였다. 사람들이 힐끔거리며 뒤를 돌아봤다. 당황한 할머니는 한 손으로 할아버지를 말리며 고개를 돌렸다. 말리는 할머니 덕분에 할아버지는 더 흥분했다. 말끝마다 싸가지 없는, 개놈의 자식, 어린놈의 자식 같은 말들이 따라 붙었다. 사정은 이랬다. 노부부는 아들 결혼식 참석차 지방에서 아침 일찍 올라왔다. 이제 내려가야 하는데 서울 지리에 익숙하지 않아 반대 방향 버스를 탔다. 그 버스 기사가 정류장에서 내려 길을 건너 타라고 일러 줬다. 하지만 같은 번호 버스는 환승이 안 되니, 요금을 다시 내셔야 한다. 할아버지 부탁은 그랬다. 지방에서 올라온 늙은이들이 잠시 방향을 헷갈렸으니 그냥 태워 달라. 기사 입장은 완고했다. 그럴 수 없다. 다시 카드로 요금 결제를 하셔라.

버스는 사거리에서 우회전하며 반포대교 방향으로 향했다. 그때 할아버지가 다시 앞으로 걸어 나왔다. 이봐, 기사 양반, 내가 돈을 안 내겠다고 한 게 아니잖아. 왜 사람을 이상하게 만들어. 어! 말해 봐. 내가 요금 안 내겠다고 했냐고! 할아버지는 출입문 쪽을 가로막고 기사에게 삿대질을 했다. 교차로에서 기사는 차를 세웠다.

시내버스 요금은 1500원. 두 명이면 3000원. 누군가에겐 푼돈일 수도 있다. 하지만 누군가에겐 굳이 내지 않아도 될 돈이다. 할아버지는 단지 불필요한 지출이 싫었겠지. 하지만 버스 기사가 내세우는 원칙은 자신을 더 비굴해 보이게 했을 것이다. 한편 할아버지의 요구가 버스 기사에게는 뻔뻔하게 들렸을지 모른다. 불특정 다수가 타고 내리는 대중교통에서 상식을 무시하는 사람이 얼마나 많았나. 대중을 상대하려면 원칙이 필요하다. 한 명 예외가 인정되면 다수의 권리를 무시하는 꼴이 된다. 하지만 두 사람 모두 원칙과 체면을 차리기에는 일이 너무 커졌다. 이제 더 이상 돈 문제가 아니었다.

그들은 혹시 어느 순간 누군가 나서서 중재해 주길 바랐던 게 아닐까. 누군가 나서서 불필요한 논쟁과 다툼에서 벗어나 서로 물러설 구실을 제공해 줘야 하는 게 아닐까. 그들도 그런 걸 바라고 있지 않았을까. 하지만 누구도 나서지 않았다. 나 역시 이 소동이 어서 끝나기를, 어서 목적지에 닿기를 바라고 있었다.

나는 눈을 감고 버스가 출발하기를 기다렸다.

마이클 만 감독의 「콜래트럴」은 한 남자가 LA 공항에 도착해 택시를 타는 것으로 시작한다. 남자는 오늘 밤 이 도시에서 몇 군데 볼일이 있다. 하룻밤 동안 택시를 이용할 목적으로 기사에게 거금을 제안한다. 나쁘지 않은 조건이다. 마침 기사는 개인 리무진 사업을 계획 중이라 사업 자금이 필요했다. 마다할 이유가 없다. 그렇게 두 사람은 택시를 타고 LA 밤거리를 함께 돌아다닌다. 택시 기사는 유쾌하면서 신중한 남자가 마음에 든다. 첫 번째 목적지로 향하면서 둘은 스몰토크를 나눈다. 공통 관심사를 찾아내고 가벼운 농담을 하면서 혹시 있을지 모를 긴장감을 덜어 낸다.

"그런데, LA엔 어떤 일로 오셨습니까?"

교차로 신호를 기다리며 기사가 묻는다.

"우리는 오늘 처음 만났지만 마치 오래된 친구처럼 말이 잘 통하네. 그런데 이봐, 잠깐 택시에 타서 당신 뒤에 앉아 있는 사람이 살인마일 수도 있다는 생각은 안 드나? 정작 자네는 나한테 등을 돌리고 있고 말이야."

창밖을 보던 남자는 무심하게 말한다.

남자의 직업은 살인 청부업자. 의뢰받은 내용은 재판에 출석할 증인들을 오늘 밤 안에 처리하는 것이다. 첫 번째 작업을 마친 청부업자는 다음 장소로 이동하면서 택시 기사에게 말한다.

"LA에선 매주 서른 건의 살인사건이 발생하지만 그중 절반만 법정에 도착하고, 그중 3분의 1만 유죄판결을 받지. 이쯤 되면 도시에서 살인은 일상이라 할 수 있겠지. 도시에 살면 매일 아침 교통정보에 익숙해지고, 가끔 거기서도 어김없이 사망사고가 났다는 말을 듣는데 말이지. 그래서 도로가 정체되면 5분 전에 어떤 사람이 죽었다는 것보다 내가 회사에 늦을 거 같다는 생각만 하지. 이 얼마나 이상한가. 결국 이렇게 많은 사람이 사는 도시에서 삶의 가치란 무엇인가. 마을에 덩그러니 있는 나무가 쓰러지면 모두가 거기에 집중하겠지만, 숲에 있는 나무 한 그루가 쓰러지면 누가 신경이나 쓰겠나. 사람들이 많은 이런 대

도시에선 무관심이 필연적일 수밖에 없는 건가. 어떻게 생각하나?"

생각해 보면 이상한 일이다. 서로 모르는 타인이 자동차라는 한 공간에 앉아 같은 목적지를 향해 간다. 아무렇지 않게 키를 맡기고, 핸들을 잡게 한다.

내가 누군 줄 알고, 또 나는 그 사람이 누군 줄 알고.

그때 근처에서 콜이 떴다. 나는 콜 정보를 확인하지도 않고 수락 버튼을 누른다. 오늘은 대기하는 시간이 너무 길었다. 벌써 몇 개의 콜을 놓쳤다. 콜이 떴을 때 도착지를 알아보고, 출발지를 확인하는 순간 콜을 놓치게 된다. 나는 고객 위치를 확인하고 걸음을 옮긴다.

영화는 살인 청부업자와 그에게 고용된 택시 기사의 이야기를 LA라는 도시를 중심으로 다루고 있다. 택시 기사는 차에서 벗어날 기회를 엿보지만, 시도는 번번이 무산된다. 남자는 프로다. 의뢰받은 일을 모두 마치면 택시 기사 역시 처리할지 모른다. 기사는 두려움에 떨면서도 운전을 멈추지 못한다. 차에서 벗어나는 순간 총알이 날아올 것이다.

예약콜을 잡게 되면 심심찮게 차에서 대기하는 경우가 생긴다. 키를 받아 운전석에 앉자 공기가 흔들린다. 밀폐된 차 안은 고요하다. 고요한 끝에 무언가 있다. 기척이 느껴진다. 완전한 세계에 내가 침범한 느낌. 시동을 켜지 않은 채 앉아 있다. 그리고 차창으로 지나는 사람들을 무연히 바라본다.

밤거리를 걷다 보면 많은 것을 목격한다. 새벽 거리는 온갖 것들이 침전해 있다. 정류장에 쓰러진 취객은 일어날 줄을 모르고, 무리 지어 고함 지르는 목소리는 거칠게 도시의 공백을 메운다. 하지만 이내 더 큰 공백을 만든다. 토사물과 음식물 찌꺼기가 뒤섞인 골목. 쓰레기봉투를 뒤지던 고양이가 도망간 자리에 비둘기가 내려앉는다. 택시를 잡으려는 사람들이 도로로 뛰어들고, 기괴한 웃음소리가 골목을 채운다. 하지만 내가 목격하는 모든 것들은 아침이면 말끔히 사라진다.

걷다 보면 어느 순간 알게 된다. 나는 혼자 걷고 있구나. 이 시간에 거리를 걷는 사람은 없다. 걷는 사람을 보면 알게 된다. 어떤 목적을 가지고, 분명한 목적지를 향해 걷는 사람은 걷는 자세부터 다르다. 모습이 다르다. 늦은 밤, 돌아가야 할 곳으로 가는 사람의 자세에는 긴장감이 없다. 편안한 발걸음으로 천천히 풍경을 즐기며 걷는다. 나는 그렇지 않다. 나는 누군가와 함께 걷지 않는다. 언제나 혼자 걷는다. 콜이 뜨기 전에 번화가로 가야 한다. 콜이 떴다면 그 콜을 잡기 위해 그곳으로 가야 한다. 목적지는 수시로 바뀌고 그곳을 향해 최대한 빠르게 이동해야 한다. 아무도 강요하지 않지만 모두 그렇게 하니까, 그렇게 해야 한다고 생각한다. 경쟁은 보이지 않는 순간에도 이뤄진다. 일정한 장소도 없다. 프로그램을 켜는 순간 경쟁이 시작된다.

뒤에서 따라오는 발소리. 나는 걸음을 멈춰 그 사람을 먼저 보낸다. 먼저 보내고 뒤에서 그를 확인한다. 따라오는 것이 싫다. 누군가 나를 따라오는 것이, 따라온다는 느낌이 부담스럽다. 누군가 내 뒷모습을 확인하는 것이 두렵다. 나를 지나쳐 간 남자는 대리기사였다. 하는 일이 같으면 비슷한 분위기를 풍긴다. 시선은 한군데 고정되어 있으면서 감각은 사방으로 뻗어 있다. 늘 입던 옷을 입고 있지만 어딘가 몸에 맞지 않는 기분이 든다. 손톱 끝에 난 거스러미처럼 무언가 신경을 긁는다. 고개를 돌릴 때마다 목덜미에 작은 실밥이 걸리는 느낌. 항상 무언가를 기다리면서도 무언가에 쫓기는 기분이다.

4차선 도로를 가로지르는 횡단보도. 한곳에서 다른 곳으로 건너가기 위한 표시 위로 사람들은 바삐 움직인다. 피아노 위를 미끄러지는 손가락처럼 저 숱한 발걸음이 화음을 만든다. 흰건반과 검은건반. 검은건반은 흰건반보다 반음 높거나 반음 낮다. 흰건반과 검은건반은 각각 내 밝은 기억과 어두운 기억에 닿아 있다. 건반을 누를 때마다 솟아나는 기억으로 눈앞에 오선지를 채운다.

기사님은 꿈이 뭐예요? 대리운전하시면서 그래도 뭔가 이루고 싶은 목표가 있을 거잖아요?

서대문을 지나 홍제동으로 향하던 콜. 몇 마디 일상적인 대화를 나눈 다음 옆자리에 앉은 남자는 대뜸 이렇게 물었다. 평소 마음속에 품고 있던 생각인지 모른다. 혹은 방금 전 술자리 화두였겠지. 나이는 20대 후반쯤. 차는 산타페. 키가 커서 SUV가 아닌 일반 세단은 타지 못한다고 했다. 야외 주차장에 도착했을 때 가로등에 비친 그림자는 훨씬 거대했다. 지금은 마장동에서 발골 일을 배우고 있다. 이전까지 영업 일을 했었고, 서빙, 배달, 자그마한 개인 사업도 했었다. 하지만 역시 사람은 기술이 있어야 된다. 이번에 소개받은 정육점은 입소문이 난 곳이다. 이문도 많이 남는다. 작업은 고되지만 그만큼 미래가 보장된 일이다. 처음엔 칼 쓰는 일이라 여자 친구가 싫어했다. 결혼까지 생각하는 처지에 어른들께 소개하기 껄끄럽다는 이유였다. 부상 위험도 있다. 하지만 위험하지 않은 일이 어디 있나. 밤거리를 남의 차로 운전하는 일도 마찬가지 아니겠나. 우리는 격하게 동의했다.

댁이 어디세요?

남자가 물었다.

마지막 콜이었다. 자정이 넘어 이제 나올 콜도 없다. 나는 따릉이를 타고 집으로 돌아갈 생각이었다.

그럼, 이거, 가실 때 가져가세요.

남자는 뒷자리에서 과자 한 봉지와 콜라를 챙겨 주었다.

남자는 내 꿈을 물었다. 하지만 정말 그게 궁금한 것은 아니라고 느꼈다. 목적지에 도착했다. 나는 앞으로 좋은 일이 있을 거라는 덕담을 남기며 운전석에서 내렸다. 하지만 마지막까지 남자의 꿈은 묻지 않았다.

흔들리는 꽃들 속에서

도시의 불빛은 멀리서 보면 아름답지만, 다가가면 낯선 어둠이 숨죽인 채 엎드려 있다. 저 앞에 다시 빛이 보인다. 다시 멀어진다. 멀어지면서 희미해지고, 그만큼 확장된다. 그 속을 사람들이 걸어다닌다. 그들은 서로를 구분하지 않는다.

✳

10분째 대기 중이다. 호프집에 도착해 전화 걸었을 때 여자는 금방 나온다고 했다. 40대 중반쯤 되는 목소리. 휴대전화 너머로 빠른 템포 음악이 연신 이어졌다.

나는 맞은편 가게 입구에 서서 호프집을 바라봤다. 골목 어귀에 스포티지 한 대가 주차되어 있었다. 페이스리프트되기 전 모델로 보닛부터 옆면을 지나 후면까지 이어지는 부드러운 곡선이 테마로 적용되었다. 몇 미터 떨어진 곳에 1톤 트럭 한 대와 낡은 경차 한 대가 주차돼 있을 뿐이다. 다른 차는 보이지 않았다. 스포티지는 여자의 차가 확실해 보였다. 나는 잠시 후 내가 운전하게 될 차를 내려다보았다. 차폭감을 익히기 위해 바퀴 회전 반경과 그에 따라 움직이는 차체 모습을 그려 보았다. 자정에 가까운 시간. 벌써 다섯 콜째. 아직 체력은 남아 있지만 걸을 때마다 허벅지에 경련이 일었다. 고소한 기름 냄새가 치킨집 환기구를 타고 골목을 메우고 있었다.

20분이 지났다. 다시 전화를 걸어 보려는 찰나 가게 문이 열리며 중년 커플이 밖으로 나왔다. 남자 팔에 손을 얹고 있던 여자는 주위를 두리번거렸다. 나는 불빛 앞으로 나서며 손을 흔들었다. 출발시간이 늦어져 마음이 조급했다.

대리기사님이시죠?

여자가 물었다.

나는 고개를 끄덕였다.

여자는 손을 뻗어 차 키를 건네주었다. 버튼을 누르자 옆에 있던 스포티지 라이트가 반짝인다. 운전석으로 가다 걸음을 멈췄다. 여자는 아직 차에 탈 생각이 없었다.

오빠는 어떻게 가?

여자가 남자에게 물었다.

글쎄, 난 아직 대리가 안 잡혔어.

남자는 한 손을 주머니에 넣고 있다가 입으로 가져가 무언가를 뱉어 낸다.

같이 기다려 줄까?

뭐라고?

아직 시간도 있는데, 대리 올 때까지 내가 옆에서 기다려 줄게.

남자는 의아한 눈길로 여자를 본다.

아니야. 늦었는데 뭘 그래. 얼른 들어가.

남자는 입속을 정리하던 손으로 여자의 등을 민다. 나는 남자와 눈이 마주친다. 남자는 고개를 끄덕인다. 나도 고개를 끄덕인다. 그때 걷던 여자는 남자를 향해 돌아선다.

아니면, 우리 한잔 더 할까?

한잔 더?

남자는 놀란 듯 보였다.

응. 난 상관없어. 우리 오랜만에 만난 거잖아. 학교 졸업하고 처음이니 한 20년 넘었지. 근데 오빠는 어떻게 변한 게 없어. 나만 폭삭 늙었나 봐.

말투에서 미련과 아쉬움이 묻어났다. 나는 운전석에 앉아 시동 버튼을 눌렀다. 엔진음이 실내에 울렸다. 밖으로 전조등이 켜졌다. 가벼운 실랑이를 벌이는 중년의 남녀가 빛 속에 드러났다.

출발지는 응암동 호프집. 도착지는 향동동. 향동동은 상암동과 구산동 사이에 있다. 전형적인 베드타운. 도착한 뒤 다음 콜을 잡기 힘든 곳이다. 그나마 괜찮은 콜지는 방송사들이 밀집해 있는 상암동. 도보로 이동하려면 20분 이상 걸린다. 간선 버스를 타고 빠져나오려면 어서 출발해야 한다. 베드타운은 대부분 버스 노선 종점인 경우가 많다. 들어오는 버스는 늦게까지 있어도 나가는 버스는 일찍 끊어진다.

기사님, 저 담배 좀 피워도 되죠?

여자는 이미 입에 담배를 물고 있다. 내 대답을 듣기 전에 뒷좌석 창문을 끝까지 내렸다. 나는 환기를 위해 운전석 창문을 조금 열었다. 바람이 차 안으로 들어와 한 바퀴 돌더니 밖으로 빠져나갔다. 착. 착. 라이터 돌 구르는 소리가 들리고 곧이어 매캐한 연초 냄새가 퍼진다.

불광천을 따라 이어지는 메인 도로 대신 안쪽 길을 택했다. 내비는 바뀐 경로를 따라 방향을 수정한다. 이쪽이 신호등도 적을뿐더러 교통량도 한산하다. 출발이 늦은 만큼 최대한 주행시간을 줄여야 한다. 도로는 한산한 대신 좁았다. 교차로를 지날 때마다 속도를 줄이며 급하게 튀어나오는 차나 오토바이를 경계했다. 신경 쓸 것이 많았다. 오디오에서 음악이 흘러나왔다. 뒷좌석에 앉은 여자는 창밖으로 고개를 내밀고 노래를 따라 불렀다. 센터페시아 액정 창으로 노래 정보가 지나갔다. 「흔들리는 꽃들 속에서 네 샴푸 향이 느껴진 거야」. 폴더명은 '정아의 애창곡 모음.' 노래가 끝나자 여자는 리플레이 버튼을 눌렀다. 차는 인적이 드문 밤거리를 천천히 지나고, 열린 창으로 사랑에 빠진 연인의 노래가 흘러나온다. 악보에서 돋아난 음계들이 속도에 맞춰 거리를 뒤덮고 있다. 구름이 흐르면서 달빛이 드문드문 비추는 거리다.

여보세요?

남자가 전화를 걸었을까. 벨소리를 듣지 못했으니 여자가 걸었으리라. 여자는 창밖으로 담배를 튕겼다. 나는 볼륨 버튼을 눌러 노랫소리를 줄였다.

어디야? 왜? 아직도 기다리는 거야?

나는 액셀에서 발을 떼며 천천히 코너를 돌아 대로로 합류하던 참이었다.

내가 다시 갈까? 내가 돌아갈까?

여자 목소리가 한층 높아졌다.

액셀에 놓인 발을 브레이크로 옮겼다. 귀에 꽂고 있는 인이어로 곧 목적지에 도착한다는 멘트가 들렸다. 5분 이내로 도착한다. 이대로 차를 돌리면 지나온 만큼 다시 가야 한다. 경유비를 청구해야 될까? 얼마를 달라고 해야 하나? 달라고 하면 선선히 줄까? 마음이 복잡해졌다. 목적지를 바꾼 경험은 있지만 출발지로 되돌아가는 경우는 처음이다. 주행 중에는 다양한 변수가 생길 수 있지만 제일 신경 쓰이는 건 요금 문제다. 사람들은 대부분 대리 요금에 인색하고 신경질적이다.

나? 여기? 잠깐만. 기사님, 여기 어디예요?

여자가 운전석 가까이 얼굴이 내밀며 물었다. 체취가 훅 끼쳤다. 나는 휴대전화 내비를 가리키며 거의 도착했다고 말한다.

오빠. 나 다 왔대. 밤에 오니까 진짜 빠르다. 차가 없어서 그런가, 너무 빨라.

아파트 단지 초입으로 들어서자 방지턱이 연속으로 늘어섰다. 최대한 천천히 통과하기 위해 속도를 줄였다. 여자 목소리도 낮아졌다.

고마워, 오빠. 나 정말 오늘 만나서 좋았어. 옛날 생각 많이 나더라. 근데 오빠. 나는 한 번 갔다 왔잖아. 근데, 오빠는 왜 아직 혼자야?

룸미러에 작은 종이 매달려 있다. 방지턱을 넘으며 차가 한 차례 울렁거린다. 종이 울린다.

괜찮은 사람이 없었어?

앞바퀴에서 한 번.

오빠는 그대로더라.

뒷바퀴에서 한 번.

옛날이랑 똑같아. 나만 변한 거 같아.

방지턱을 넘을 때마다 종은 한 번씩 울린다.

눈앞에 아파트 게이트가 나타난다. 입주민 전용 표지판으로 차를 돌린다. 차단기가 올라가고 이내 지하 주차장으로 내려간다. 경사로를 따라 차가 앞으로 쏟아질 듯 기운다.

참, 오빠. 나 차 바꾸게 되면 꼭 연락할게. 미안해, 오빠. 응. 그때 오빠가 꼭 좋은 차로 뽑아 줘. 그럼, 나 오빠 믿는 거 알잖아. 이참에 외제 차로 한번 질러 봐? 재규어? 벤츠? 걱정 마, 내가 오빠 실적 크게 한번 올려 줄게. 나 돈 많아.

여자는 소리 내어 웃었다. 노래가 끝났다. 리플레이되지 않았다. 종도 울리지 않는다.

응암동에서 출발하기 전, 여자가 뒷좌석 문을 열고 차에 타는 순간 나는 전조등 불빛에 비친 남자 얼굴을 봤다. 거기에는 안쓰러움과 피곤함, 곤혹스러움이 뒤섞인 채 스쳐 갔다. 가늘게 뜬 눈 주위로 주름살이 진했고, 콧구멍은 크게 벌어졌다. 처진 눈가와 마찬가지로 입가 주름은 위아래로 연신 씰룩이고 있었다. 입은 벌어질 듯하지만 이내 다물었다. 목울대가 한 번 크게 출렁였다. 얼굴 부위가 각자 움직이며 무언의 주장을 하는 듯했다. 지난 인연에 최소한의 예의는 다 했으니 이만 헤어지는 게 낫겠지. 예상보다 너무 오래 붙들려 있었나. 이게 다 무슨 소용인가. 그래도 사람이 재산인데, 언젠가 쓸모가 있겠지. 이제 다 왔으니 마지막까지 잘해서 보내자. 남자는 고개 돌려 또 침을 뱉고는 담배를 꺼내 물었다. 라이터 불이 빠르고 짧게 튀었다. 남자는 라이터 쥔 손을 위아래로 흔들었다. 불은 한참 만에야 붙었다.

출발하기 전 언제나 운전석 창문을 끝까지 열어 장애물을 확인한다. 안전을 위한 습관이다. 대리운전 사고는 대부분 출발할 때와 주차할 때 발생한다. 실제로 주행 중에 발생하는 사고 비율은 그리 높지 않다. 차들이 주행하는 도로에는 흐름이 존재한다. 흐름은 일정한 패턴을 가지고 있다. 패턴은 예측 가능하다. 예상 가능한 것들은 대응할 수 있다. 하지만 사고는 종종 엉뚱한 곳에서 발생한다. 주차된 차 주위에는 생각보다 많은 것들이 있다. 보도 경계석과 부서진 라바콘, 쓰레기봉투, 망가진 자전거, 오토바이, 스쿠터. 모두가 운전에 방해되는 것들이다. 처음 앉게 되는 운전석도 생소하기는 마찬가지다. 시트 포지션도 그중 하나다. 차주를 만나면 일단 신장과 몸집을 보게 된다. 어느 정도의 체격인지, 키는 얼마나 큰지 빠르게 체크한다. 그에 따라 운전석 시트 포지션이 달라진다. 나는 스포티지에 앉자마자 의자를 뒤로 빼고 발을 뻗어 액셀과 브레이크에 발이 알맞게 닿는지 살폈다. 남자는 휴대전화를 귀에 대고 있었다. 차가 움직이자 여자는 창밖을 향해 손을 흔들었다. 남자도 손을 흔들었다. 손과 시선이 다른 방향이었다. 우회전으로 골목을 빠져나오는 순간 운전석 열린 창으로 통화하는 남자의 목소리가 넘어왔다.

어디야? 벌써 시작했어? 알았어. 금방 갈게.

나는 속력을 높이며 창문 버튼을 올렸다.

금방 간다고. 기다려. 그리고 전에 말한 애 있잖아…….

창문 틈새로 남자의 마지막 말이 끊어졌다.

지하 1층에 주차했다. 대부분 아파트 단지는 이 시간에 자리가 없다. 이중주차를 하거나 다시 밖으로 나가 노상주차를 해야 할 경우가 많다. 이 아파트는 비교적 최근에 입주를 시작한 탓인지 자리가 많았다. 나는 주차라인이 모두 비어 있는 3열 중 가운데 자리를 택했다. 후진기어를 넣고 후방카메라와 사이드미러를 확인하며 천천히 차를 후진했다. 뒷바퀴가 주차블록에 닿자 기어를 파킹에 두고 시동을 껐다.

수고하셨어요.

차 문을 닫으며 여자는 고개를 돌린 채 말한다. 낮고 건조한 톤이다. 뒤늦은 취기가 올라오는 것일까. 남자와 통화할 때 듣던 목소리가 아니다. 하지만 이쪽이 원래 목소리인지 모른다. 주차장 바닥에 다리를 내려놓은 여자는 이마를 짚더니 비틀거린다. 그리고 걷기 시작한다. 굽 높은 발소리가 주인의 보폭에 맞춰 빈 주차장에 울렸다. 여자는 입주민 출입구에서 비번을 누르고 자동문이 열리자 엘리베이터로 향했다.

나는 지하 주차장 천장에 붙은 출구 사인을 따라 밖으로 걸어갔다. 발소리가 따라왔다.

여자는 알고 있었다. 어느 순간 느꼈을 것이다.

이건 아니다. 같은 실수를 반복하는 것이다. 나는 확신할 수 없다. 엘리베이터는 표시된 층수에 맞춰 정확히 멈춰 선다. 문앞에 도착해 비번을 누르고 현관문을 연다. 센서 등이 켜진다. 현관문에 등을 기대고 그대로 서 있는다. 잠시 후 센서 등이 꺼진다. 집은 다시 어둠으로 돌아간다. 거실 창으로 달빛이 창백하다. 구두를 벗고 거실로 걸어간다. 전등 스위치를 누른다. 텅 빈 공간이 드러난다. 소파는 깔끔하고, 협탁엔 정기 구독 잡지가 겹겹이 쌓여 있다. 싱크대는 깨끗하지만 배달 음식 흔적은 식탁 밑에 가득하다. 한 번에 모아 버려야지 생각하지만 매번 미뤄진다. 아무도 간섭하지 않는다. 곧장 침실로 향한다. 침대에 몸을 던진다. 모든 게 그대로다. 아침에 보았던 풍경과 달라지지 않았다. 이 집엔 아무도 없다. 아이는 아빠와 함께 있다. 그러니 당연하다. 아무도 없다. 화장을 지워야 하는데, 지금은 너무 피곤하다. 차라리 이편이 나을지 모른다. 그래도 내일 아침이면 모든 게 달라져 있겠지.

　지하 주차장을 빠져나오자 넓은 공터였다. 귀가 먹먹했다. 나는 묘한 기압차를 느꼈다. 아직 공사가 진행 중인 공터에는 몇 대의 굴삭기가 잊힌 유물처럼 놓여 있었다. 가로수 사이에는 뒤늦은 분양을 독려하는 플래카드가 일정한 간격으로 묶인 채 흔들렸다. 바람이 부는구나. 나는 양팔을 크게 벌렸다. 어느새 등에 땀이 맺혀 있었다.

　자정이 넘은 시간. 도로는 광활하게 뻗어 있고, 멀리서 차들이 움직이는 소리가 물에 젖은 솜처럼 울린다. 나는 여자가 좋아하는 노래를 떠올린다. 금방이라도 무언가 시작하고 싶은 마음이 들었다. 그것이 무엇이든 후회하고 싶지는 않았다. 꽃향기가 나는가. 바람을 타고 무언가 지나갔다. 나는 연신 고개를 흔들었다.

　상암동행 버스는 이미 끊겼다. 나는 지도 앱을 켜고 걷기 시작했다. 휴대전화 액정창으로 내 위치가 파란 점으로 표시됐다. 그 안에서 조금씩 움직인다. 걷기 좋은 밤이었다. 많은 것을 하기 좋은 밤이었다.

경찰과 변호사와 빈체로

일정한 간격으로 스쳐 가는 주행선. 점선은 곧 실선으로 바뀐다. 뒤늦게 차선을 변경한다. 기다렸다는 듯 후방에서 날카로운 경적음이 들린다.

길게 도열한 가로등을 지나는 동안 실내에는 엔진음이 깔린다. 고가도로를 따라 움직이는 밤 구름은 명상에 빠진다.

*

어제는 세 콜을 탔다.

한 명은 경찰이었고, 한 명은 변호사였다. 마지막 콜은 예상치 못했다.

서대문역을 지날 즈음 농협 건물에서 반포동으로 가는 콜이 떴다. 버스에서 내려 고객 위치를 확인하는 순간, 문자가 왔다. GPS 위치가 잘못 찍혀서 경찰청으로 오라는 내용이었다. 100미터 정도 차이라 대수롭지 않게 여기며 이동했다. 경찰청은 처음이었다. 급한 마음에 걸음이 빨라졌다. 정문 차단봉 근처에 누군가 서 있었다. 휴대전화에 시선을 고정하고 지나치려는 순간 남자가 소리쳤다.

어이!

나는 걸음을 멈추며 고개를 돌렸다. 어이?

어이! 어디 가? 여긴 아무나 못 들어가.

고압적인 말투였다. 남자를 쳐다봤다.

어디 가냐고! 여긴 함부로 들어오는 데가 아닙니다.

50대 중반쯤 되는 얼굴. 안내실 불빛에 어렴풋이 드러난 표정. 큰 목소리. 반말과 존댓말이 적당히 섞인 말투. 나는 휴대전화를 들어 보이며 대리기사라고 대답했다.

저기, 저 안내실로 가요.

남자는 귀찮다는 듯이 거칠게 팔을 내둘렀다. 손짓을 따라 고개를 돌리자 컨테이너 건물이 눈에 띄었다. 안내실 불빛이 환했다. 자동문으로 들어서니 퇴근하는 사람들이 안쪽에서 게이트를 통과해 나오는 중이었다. '직원'과 '민원인' 게이트가 분리되어 있었다. 가림막 안쪽에 앉아 있는 직원은 퇴근 시간을 앞

두고 무료해 보였다. 나는 가림막 앞에 다가서며 사정을 얘기했다. 직원이 말했다. 직접 들어갈 수는 없고, 대리운전을 부른 사람이 이곳까지 와야 한다. 나는 고객에게 다시 연락했다. 그사이 밖에 서 있던 남자가 쪽창을 열고 뭐라고 다시 소리쳤다. 여기까지 와서 무슨 중요한 얘기일까 싶었다. 발음은 불명확했다. 했던 말을 반복하는 것이리라. 좀 더 친절하게 말할 수는 없는 건가. 사정도 모르면서 처음부터 고압적일 필요가 있는 건가. 어차피 경비면서, 직원이면서, 고작 문이나 지키면서 대단한 권력이라도 가진 양 사람을 함부로 대하는 건가.

그러다 다시 생각했다. 경찰청에 드나드는 사람은 어떤 사람들일까. 주민센터에 볼일 있는 사람과는 다르겠지. 폭력, 강도, 살인, 강력범죄와 관련된 일을 다루는 것이겠지. 사람에 대한 믿음이 없겠지. 사람이 사람과 얽히는 십중팔구 불쾌한 일이겠지. 그런 민원인들은 하루하루 지옥에 사는 기분일 테지. 여기는 그런 기분으로 방문하는 곳이다. 그런 사람들을 상대하려면 처음부터 기세에서 눌리면 안 된다. 힘으로 누르지 않으면 자신이 도리어 눌리게 되고, 그러면 이 일을 오래 하지 못한다. 불만이 가득한 민원인들, 가난하고 억울한 사람들, 반드시 무언가 부족한 사람들, 잃을 게 없는 사람들에게 눌리면 그나마 자신이 가진 것도 빼앗길지 모른다. 직업을 잃고, 인정받지 못하며, 다시 거리로 구직 활동에 나서야 한다. 그러니 그렇다. 그래서 이런다. 밀려서는 안 된다. 어떤 사람이, 어떤 이유로 이 문을 지나는지 속속들이 알아야 한다. 알아서 확인하고 결정해야 한다. 그러니…… 생각을 이어 갈 때쯤 안내실 한쪽 문이 열리며 누군가 들어섰다.

대리기사님이세요?

남자는 회색 치노 바지를 입고 한 팔에 민트색 재킷을 걸치고 있었다. 캐주얼하면서 격식 있는 차림새였다. 키가 문설주에 닿을 만큼 컸다. 체격은 가늘지만 어깨 뼈대가 굵어 보였다. 나는 남자를 따라 게이트를 통과했다. 직원은 안쪽 게이트를 열어 줬다. 나는 부러 가운데 게이트 앞에 섰다. 직원이 안쪽 게이트를 가리키며 다시 안내했다. 밖으로 나와 주차장으로 이동했다.

오늘 비 예보는 40퍼센트. 우산을 챙기려다 그냥 나왔다. 늘 휴대전화를 보고 다녀야 하는 처지에 나머지 한 손에 우산을 들 수는 없다. 그 손은 콜이 떴을 때 '수락' 버튼을 눌러야 한다. 발목을 스치는 바람이 습하다. 차는 옆 차와 너무 가까웠다. 두 손으로 운전석 문 가장자리를 잡고 열었다. 문콕 사고는 언제나 신경 쓰인다. 차 문은 두 뼘쯤 열렸다. 몸을 밀어넣는 순간 휴대전화를 떨어뜨렸다. 산타페 하이브리드 차량이었다. 스타트 버튼을 눌렀지만 차체에 반응이 없었다. 버튼을 한 번 더 눌렀더니 시동이 꺼졌다. 다시 버튼을 눌렀다. 차 안에 고여 있던 공기가 후끈했다. 남자는 에어컨부터 켰다.

서대문 방면에서 반포 래미안으로 가는 경로는 두 가지다. 서울역을 지나 명동에 진입하기 전 남산 3호 터널로 우회전한다. 그대로 이태원을 지나 반포대교를 건넌다. 또 다른 경로는 명동을 통과해 남산 1호 터널을 지나 한남대교에서 경부고속도로를 탄 뒤, 잠원IC에서 빠지는 경로다. 남산에는 전부 세 개의 터널이 있다. 강북에서 강남으로 향하는 대부분의 노선은 남산 터널을 통과하게 된다. 내비 안내를 따라 3호 터널로 접어들었다. 출발할 때부터 남자는 누군가와 통화 중이었다. 상대 목소리는 들리지 않았다.

　　네, 선배님 말씀에 전적으로 공감합니다.

　　(그래. 내가 이런 걸로 앞에 나설 순 없잖아?)

　　맞습니다. 이번에 청장이 바뀌면서 지금 움직이기에 여러 가지 곤란한 부분이 있습니다.

　　(그렇겠지. 알아. 내가 잘 알지. 아는데, 이번 건은 이렇게 넘어가기 곤란해.)

　　네, 다음에 제가 제대로 챙기겠습니다.

　　(그쪽에서도 말이 많아. 덕분에 내가 너무 곤란해.)

　　그럼요. 네. 네. 맞습니다. 걱정하지 마십시오.

　　(우리 이 차장이 힘 좀 써 줘. 내가 부탁 좀 할게. 아무리 검찰이 난리여도 구속은 너무하잖아. 우리가 어떤 사인데.)

　　그렇죠. 네. 제가 다 준비해 놓겠습니다.

(아이고, 공사가 다망한 후배님한테 내가 괜한 소리 한 거 같네. 죄송합니다. 아무튼 난 이만 물러갑니다. 대신 이번 건은 잘 좀 부탁드립니다. 후배님.)

아닙니다. 선배님, 별말씀을 다하십니다. 미리 알고 더 신경 썼어야 했는데 제가 더 죄송합니다. 네. 네. 들어가십시오. 선배님. 다음에 제대로 뵙겠습니다. 네. 네. 네.

통화를 마친 남자는 한동안 아무 말이 없더니 낮게 중얼거렸다.

……개새끼.

신호등 노란불은 멈추라는 뜻이다. 하지만 주행하다 보면 애매한 순간이 있다. '딜레마 존'이라 부르는 구간에서 운전자는 빠르게 결정해야 한다. 멈출 것인가, 지나갈 것인가. 운행 시간을 최대한 줄이려면 지나가는 것이 좋다. 하지만 나는 멈췄다. 우회전이 필요한 구간에서 반드시 일시정지 후 주변을 살폈다. 그래야 할 것 같았다. 덕분에 예상 시간보다 10분 더 걸려 도착했다.

반포 래미안은 강남의 전형적인 부촌이다. 아파트 단지 가까이 고속터미널과 경부고속도로가 있어 교통의 요지이며, 성모병원과 신세계백화점이 있다. 반경 1킬로미터 안에 생활에 필요한 거의 모든 것이 있다고 보면 된다. 경찰청 월급으로 이만한 부촌에 살 수 있을까. 넓은 게이트를 통과해 주차장으로 진입한다. 남자는 자신이 생각하는 전용 주차 자리로 안내한다. 후면 주차로 차를 집어넣고 파킹 모드로 기어를 조작한다.

나가시는 길 아시죠?

네, 감사합니다.

운전석에서 내려 고객에게 인사를 하고 휴대전화에서 '운행 완료' 버튼을 누른다. 고객에 대한 평가 항목이 팝업으로 뜬다. 남자의 휴대전화에도 동일한 내용으로 기사에 대한 평가 항목이 뜰 것이다. 대리기사가 손님을 평가하는 것은 다분히 형식적인 면이 많다. 하지만 고객이 대리기사를 평가하는 정도는 대리기사 평점 형식으로 점수가 매겨진다. 업체에서는 그에 따른 불이익은 없다고 하지만 나에 대한 인상이 점수화되어 내 휴대전화에 남겨진다는 사실은 변하지 않는다. 모든 조작을 마치면 요금이 가상계좌로 입금된다.

반포동은 좋은 콜지다. 서초, 논현, 강남, 교대까지 접근하기 좋다. 많은 기사가 선호하는 장소다. 그만큼 경쟁률이 높다는 뜻이기도 하다. 콜도 많고, 기사도 많다.

나는 게이트를 통과해 시내버스를 타고 교대역 방면으로 이동한다. 이동하는 내내 휴대전화 창에 시선을 고정시킨다. 콜은 쉴 새 없이 울려 대고, 그중에 나와 가장 근접한 콜은 팝업 형식으로 뜬다. 출발지와 목적지를 확인하고, 주행시간과 주행거리, 그리고 무엇보다 가격을 확인한다. 수입은 고객이 호출하는 요금에서 20퍼센트가 빠진 금액이다. 중개수수료 명목으로 업체에서 가져가는 금액이 20퍼센트. 대리 요금이 1만 원이라면 대리기사에서 돌아가는 돈은 8000원이다. 수수료치고는 높은 금액이다. 이마저도 '출근비'와 '프로그램 사용료', '사무실 운영비'와 '보험료' 등으로 더 받아 가는 업체도 있다. 그 경우 기사의 수입은 5000원 남짓이 된다.

서초역에는 대법원과 대검찰청, 중앙지방법원 등 법 집행을 다루는 정부기관이 다수 밀집해 있다. 그리고 이들을 위한 고급 술집도 많이 있다. 물론 대리기사도 많다.

교대역 인근에서 신정동으로 가는 콜을 잡았다.

콜은 가까운 거리에서 떴지만 아무도 잡지 않았다. 선호하는 도착지가 아니다. 잠시 뒤 5000원 높아진 가격으로 다시 신정동 콜이 떴다. 이번에도 잡지 않았다. 이 시간에 신정동에 떨어지면 버스를 타고 번화가로 이동해야 한다. 버스비와 이동시간을 고려하면 손해다. 결국 신정동 콜은 1만 원이 더 오른 가격으로 다시 떴다. 수락 버튼을 눌렀다. 이 정도면 잠정적 손해를 보상받을 만하다.

전화가 연결되자 남자는 차가 주차된 빌딩 앞에서 만나자고 했다. 잠시 후 나는 일행과 함께 도착한 남자를 만나 지하 주차장으로 향했다. 엘리베이터 안에서 주행 경로를 미리 확인한 뒤 남자에게 확인을 받았다. 일전에 자신이 평소 다니던 길과 다른 길로 간다고 시비 걸던 손님을 만난 이후로 생긴 습관이다. 콜을 부른 사람들이 대리기사를 대하는 방식은 크게 두 가지다. 그들은 대리기사를 무시하거나 불신한다. 개인적으로 깨끗하게 무시당할 때가 편하다. 기업 임원의 수행 기사 인터뷰 영상을 본 적 있다. 처음 그는 운전만 하면 되는 일인 줄 알고 지원했다고 한다. 운전병 출신이었기에 운전에는 자신 있었다. 하지만 첫날 임원이 차에 타는 순간부터 자신이 착각했다는 것을 직감했다. 그는 인간적인 모멸감과 수모를 견디는 것부터 임원이 대외적으로 보이는 모습 이면에 가려진 또 다른 자아를 공유하는 일종의 공범 역할 또한 수행해야 했다. 영상에선 수시로 이 인터뷰가 모든 수행 기사를 대변하지는 않는다고 안내했다. 하지만 밀폐된 차 안, 단둘이 있는 공간에서 벌어지는 일을 누가 어떻게 알겠는가. 뒷자리에서 발을 뻗어 어깨를 건드리고, 대답이 마음에 들지 않는다고 뺨을 때리는 일이 아무렇지 않게 벌어진다는 것을 누가 믿어 줄까. 대리운전을 하며 받는 무시는 이런 것과는 다른 종류다. 콜을 부른 사람들에게 나는 보이지 않는 존재가 된다. 생리적인 현상을 아무렇지 않게 해결하는 것부터 남녀가 함께 탔을 때 보이는 은밀한 애정 행각까지 감내해야 한다. 각 가정의 사적인 불만과 다툼을 운전하는 내내 들어야 하는 경우도 있다. 반면 고객이 대리기사를 불신할 경우 말을 섞어야 한다. 자신이 다니던 길이 아니거나, 요금에 불만인 경우가 많다. 나는 설명하지만 고객은 변명으로 듣는다. 그 순간 어떤 말을 해도 상황은 나아지지 않는다. 중요한 것은 '느껴진다'이다. 아무 근거 없이도 판단은 가능하다.

이 변. 오늘 좋았어. 잘 들어가.

네, 선배님. 저도 오랜만에 봬서 좋았습니다. 다음에는 제가 더 좋은 데로 모시겠습니다.

아이, 이 사람아. 우리가 뭐 하루 이틀 볼 사인가. 이번 건 끝나는 대로 크게 한번 보자고.

감사합니다, 선배님. 조심히 들어가십시오.

일행은 내게도 인사하며 잘 부탁드린다는 말을 잊지 않았다. 선배 앞이라 예의를 차리는 제스처일지도 몰랐다.

지하 주차장에서 나온 뒤 교대사거리에서 서초역 방향으로 움직였다. 그때 뒷자리에 앉은 남자가 먼저 말을 걸었다. 흔치 않은 일이다. 당신의 말을 듣고 있다는 제스처로 나는 고개를 약간 돌렸다. 오른쪽 귀가 뒤로 세워졌다.

그거 알아요? 이 건물이 온통 변호사 사무실이에요.

네. 몰랐습니다.

판사, 검사 그만둔 애들이 너도나도 변호사 하겠다고 여기저기, 아주 징글징글해요. 명예도 한자리 차지하고 있을 때 얘기지, 늙으면 돈이 최고란 걸 자기들도 아는 거지.

네.

서초역에서 우회전하려는데 남자가 다시 말을 걸었다.

기사님, 그런데, 이 시간에 원래 이렇게 콜이 안 잡혀요? 옛날엔 안 그랬는데, 여기 오랜만에 나왔더니 분위기를 잘 모르겠네.

글쎄요. 이쪽에 기사들이 많지만, 지금이 한창 콜이 몰릴 시간이기는 합니다.

아, 그래서 그런가? 호출하고 한참 기다렸네.

저도 이제 막 버스에서 내린 터라 잘 모르겠습니다.

나도 모르게 한 말이지만, 진실보다 그럴듯한 사실이 더 유용할 때가 있다. 콜이 언제 어디서 나올지 아무도 모를 일이지만 확률적으로 생각하면 신정동은 다음 콜을 잡기 애매한 지역이다. 하지만 이 정도면 가격이 좋다. 교대에서 올림픽도로를 탄다면 신정동까지 30분쯤 걸린다. 도착 후 버스로 이동한다면 여의도까지 쉽게 갈 수 있겠다는 계산이었다.

일이 꼬이기 전까지 기사들은 다들 그럴듯한 계획을 가지고 있다.

음악 좀 틀게요.

네.

남자는 오디오 볼륨을 조절했다. 닐 영의 노래가 나오나 싶

142

더니 비틀스로 이어지고, 다음에는 김광석 노래가 흘러나왔다.

노래가 너무 옛날 거라 어떨지 모르겠네.

괜찮습니다. 옛날 노래 좋아합니다.

그래요? 젊었을 때부터 듣던 노랜데, 아직까지 듣고 있어요.

차는 제네시스 DH 모델로 연식에 비해 관리가 잘된 느낌이었다. 일상적인 대화를 나누듯이 액셀을 밟을 때마다 묵직하지만 부드러운 반응이 돌아왔다.

기사님, 올해 나이가 어떻게 되시나? 혹시 김광석 좋아해요? 김현식은? 그 친구들 노래 라이브로 들어 본 적 있어요?

좋아하지만, 라이브로 들어 본 적은 없다. 내가 그들의 노래를 좋아하게 됐을 때 그들은 이미 고인이 된 후였다.

남자는 탄식하며 말했다.

아, 아쉽네. 걔네 노래는 라이브가 진짠데. 그때가 벌써 언제였나. 내가 우리 집사람이랑 사귀던 때였으니 30년 전이지 아마. 대학로 학전블루 소극장에서 김광석 라이브 공연이 있던 날이었는데, 김광석이 성량이 어마어마했어요. 소극장이 쩌렁쩌렁 울렸으니까. 우리는 무대 뒤쪽에 앉아 있었는데도 공연 내내 그작은 소극장이 소리통처럼 웅웅. 이런 자동차 스피커로 듣는 거랑은 차원이 달라. 아무튼 그때는 낭만이 있었지.

라이브 공연과 낭만이 어떻게 연결되는지 모르겠지만 나는 남자의 20대와 내 20대 모습을 겹쳐 보았다. 웬일인지 내 20대

시절은 잘 기억나지 않았다. '낭만'이라는 단어를 오랜만에 들었다. 유리창 멀리 작은 불빛이 깜빡이다 사라졌다.

여의도를 지날 즈음 교통량이 많아졌다. 과속단속카메라가 구간마다 있었다. 나는 차간거리에 여유를 두면서 신정동으로 접어들었다. 아파트 단지에 들어설 때부터 도로에 주차된 차들이 줄을 이었다. 주차 자리가 없겠다는 생각이 들었다. 목동을 중심으로 한 근처 아파트촌에는 지하 주차장이 없어 늘 주차 공간이 부족하다. 올 때마다 자리를 찾지 못해 단지 내를 몇 바퀴씩 돌곤 했다. 이번에도 그러지 않을까 싶은 찰나,

기사님, 이쯤에서 세워 주세요.

이중주차 말씀하시는 건가요?

아니요. 제가 아는 주차 공간이 따로 있어요. 기사님이 대기엔 어려워요. 여기서부턴 제가 운전할게요.

괜찮으시겠어요?

네, 괜찮아요. 어차피 동네예요.

감사합니다.

운전 수칙에는 주차까지 마무리해야 한다고 나와 있다. 손님이 주차하다 자칫 접촉 사고라도 나면 대리기사에게까지 불이익이 있을 수 있다. 원칙은 원칙일 뿐이다. 나는 인사를 하고 운전석에서 내렸다. 아파트 단지를 빠져나오면서 우선 지도 앱을 띄우고 내가 어디쯤 있는지 확인했다. 내가 어디에 있는지 알아

야 어느 방향으로 이동할지 결정할 수 있다. 정확한 방향을 설정하고 빠르게 이동해야 한다. 프로그램을 켜니 여의도에서 많은 콜이 쏟아지고 있었다. 마침 대로변으로 간선버스가 지나갔다. 걸음이 빨라졌다.

기사님, 혹시 결혼하셨어요?
남자는 창문을 내리며 물었다.
대시보드 위에 남자아이 사진이 붙어 있었다. 한 손에 풍선을 들고 다른 손으로 브이를 그리고 있다. 눈을 찡그리고 입을 한껏 벌린 익살스러운 표정이다. 배경으로 놀이공원 대관람차가 보인다. 부모 모습은 보이지 않는다. 나는 사진기 뒤에 선 그들의 모습을 그려 본다.
우리는 여의도에서 출발해 올림픽대로를 달리고 있었다. 김포 장기동까지는 40분 정도 걸린다. 5차선 도로가 점차 막히고 있었다. 앞에 무슨 일이 벌어진 거다. 나는 속도를 줄이며 사이드미러를 확인했다. 이 정체를 벗어날 틈을 기다리고 있었다.
밤에 보는 한강은 매혹적이다. 검게 출렁이는 물결 위로 아파트와 빌딩 불빛이 윤슬처럼 반짝인다. 소음은 멀리 있는 듯하더니 이내 가까이 다가온다. 끝없이 밀려왔다 사라진다. 내 뒤로 사라진다. 어두운 도로는 익숙한 꿈처럼 이어진다.
어느 순간 뒷자리에서 통화음이 들렸다.

아들, 뭐 하고 있어?

아빠?

스피커폰인 듯 발신자와 수신자, 두 사람 목소리가 또렷하게 들렸다. 남자는 내가 통화 내용을 듣는 것에 개의치 않았다. 익숙한 일이다. 요란한 배기음을 날리며 다가온 차가 우리를 추월해 갔다. 붉은 후미등이 도로 곡선을 따라 차츰 멀어졌다.

응, 아빠야. 오늘 뭐 했어?

학교 갔다 와서 특별히 한 거 없는데.

그렇구나. 새로 사귄 친구는 있어?

아직 없어. 다 별로야.

그런 게 어딨어. 좀 있어 봐, 마음에 드는 친구 생길 거야.

어제 민수가 전화했는데, 한번 놀러 오래.

그래, 근데 민수 보려면 차 타고 한참 가야 하는데?

그러니까. 괜히 이사 왔어. 친구도 못 보고.

친구는 또 사귀면 되지.

그래도 난 민수가 젤 좋은데.

그래.

아빠?

응.

아빠, 언제 와?

아빠? 음, 다음 주쯤 갈 수 있을 거 같은데.

그럼, 우리 그때 또 에버랜드 가자.

그래, 좋지.

엄마도 같이 가는 거야?

그건 엄마한테 물어봐야 될걸.

왜 만날 엄마한테 물어봐야 돼?

진수야, 너 지금 엄마랑 살고 있잖아. 그러니까 엄마 허락을 받아야지.

아빠는 왜 같이 안 살아?

아빠는 지금 사정이 있어 그렇지. 그래도 자주 보러 가잖아.

엄마는 피자도 안 사 주고, 만날 짜증만 내.

엄마가 너한테 짜증을 내?

응.

왜?

모르겠어.

니가 모르면 어떡해. 학교에서 돌아오면 손부터 씻고.

씻어.

숙제는 미리미리 해 놓고.

해 놔.

그래? 이렇게 착한데 왜 짜증을 내지?

나도 모르겠다니까.

그래, 우리 진수 착하네.

착한 거 별로야.

별로야?

애들이 자꾸 놀려.

그래도 그게 좋은 거야. 나중에 다 알게 될 거야.

난 친구들보다 아빠랑 노는 게 좋아.

나도 우리 진수랑 노는 게 좋아.

아빠 언제 와? 보고 싶어.

나도 우리 아들 보고 싶어. 알았어. 아빠가 엄마랑 얘기해서 자주 보러 갈게.

약속?

그래, 약속.

알았어, 아빠. 나 이제 이빨 닦아야 돼.

그래, 얼른 닦고 일찍 자. 내일 또 전화할게.

응, 아빠도 조심히 들어가. 안녕.

그래, 안녕.

통화 내용이 너무 생생히 들렸다. 처음엔 스피커폰인 줄 알았다. 하지만 자세히 들으니 소리 울림이 달랐다. 무엇보다 잠시 뒤 통화음이 다시 들렸다.

아들, 뭐 하고 있어?

아빠?

응, 아빠야. 오늘 뭐 했어?

학교 갔다 와서 특별히 한 거 없는데.

그렇구나. 새로 사귄 친구는 있어?

아직 없어. 다 별로야.

처음부터 남자는 녹음된 통화를 듣고 있었다. 같은 내용이 반복되었다. 어떤 사정인지 모르지만 왠지 알 것도 같았다. 하지만 안다고 해서 내가 할 수 있는 일은 없다. 자정에 가까운 시각. 전화하기엔 늦은 시간이다. 왼편으로 멀리 도심지 불빛이 반짝였다. 반면 오른편은 온통 새까맣다. 한강이 흐르고 있을 것이다. 어두운 강에는 간혹 서로 엉키는 물결의 흐름만 간신히 보일 뿐이다. 가속페달에서 발을 떼자 엔진음도 멈추고 차 안은 심해로 가라앉는 잠수함처럼 고요해졌다. 그 안에는 아버지와 아들이 특별할 것도 없는 대화를 이어 갔다. 간혹 들리는 풍절음이 바뀌는 조류의 흐름처럼 그들을 감싸고 빠져나갔다. 두 사람의 목소리가 공기 방울을 타고 수면 위로 떠올랐다. 남자는 휴대전화를 옆자리에 놓았다. 마치 그 자리에 아들이 앉아 있다는 듯이.

녹음 파일을 두 번 들은 남자가 라디오를 틀었다. 클래식 채널을 진행하는 아나운서 목소리가 실내에 울렸다.

클래식 FM 「음악의 날개 위에」 오늘 첫 곡으로 푸치니 오페라 「투란도트」 중에서 아리아 「공주는 잠 못 이루고」를 전해 드리겠습니다.

베이징 황궁. 까마득히 높은 계단 위에 '투란도트'라는 이름의 공주가 서 있습니다. 그녀가 내는 수수께끼 세 개를 맞추지 못하면 목숨을 내놓아야 합니다. 그런데도 전 세계 왕자들이 투란도트에게 청혼을 하러 찾아왔다가 형장의 이슬로 사라져 갑니다.

오늘은 '칼라프'라는 왕자가 공주를 찾아왔습니다. 공주는 새로운 도전자를 맞아 계단 꼭대기에 서서 평소와 다름없는 도도한 표정으로 문제를 출제합니다.

"어두운 밤에 유령처럼 날아다니며 사람들 마음을 들쑤셔 놓고는, 아침이면 사라졌다가 밤마다 다시 태어나는 것은?"

이 질문에 칼라프는 놀랍게도 정답을 말합니다.

"그것은 희망입니다."

처음으로 정답을 맞힌 남자를 보고 공주는 계단을 내려오기 시작합니다. 베이징 시민들은 칼라프에게 환호합니다. 다들 희망을 품고 다음 문제를 기다리지요.

"불꽃처럼 타오르지만 불꽃은 아니다. 그대가 패배할 때는 차가워지고 승리를 꿈꿀 때는 뜨겁게 달아오른다. 그 목소리는 희미하지만 그대는 그 소리를 들을 수 있다."

잠시 생각에 잠겼던 왕자의 입에서 두 번째 정답이 나옵니다.

"그것은 피입니다."

이제 모두 왕자에게 열광합니다. 공주는 왕자의 얼굴을 제대로 보려고 계단 맨 아래까지 내려와 그를 정면으로 노려봅니다. 그리고 마지막 문제를 던집니다.

"그대에게 불을 붙이는 얼음, 그러나 그대가 뜨겁게 타오를수록 더욱 차갑게 어는 얼음. 그것이 그대를 종으로 삼으면 그대는 제왕이 되지. 그건 대체 뭘까?"

왕자는 이번에 오래 고민합니다. 베이징 시민들은 숨을 죽인 채 대답을 기다립니다. 마침내 고개를 든 왕자는 의미심장한 미소를 지으며 공주에게 다가갑니다. 왕자가 고민한 것은 정답이 아니라 정답을 맞힌 이후의 결과를 자신과 공주가 과연 감당할 수 있을지에 대한 것이었습니다.

이 곡은 도입부와 절정 부분이 인상적인데요. 그중에서도 많은 분이 도입부 '네순도르마'의 뜻을 궁금해하십니다. '네순도르마'는 이탈리아어로 '아무도 잠들지 마라'라고 합니다. 또한 절정 파트에 반복적으로 들리는 '빈체로'는 '승리하다'라는 뜻이라고 하지요. 빈체로. 오늘 여러분들의 하루는 어떠셨나요? 바라는 바를 다 이루셨나요? 그럼 오늘 첫 곡 전해 드리겠습니다. 「투란도트」의 아리아 「공주는 잠 못 이루고」.

기사님, 담배 좀 피우겠습니다.

남자가 창문을 열며 말했다. 바람이 거칠게 차 안으로 들이쳤다. 귀가 먹먹했다. 나는 바람이 잠잠해질 때까지 사이드미러를 보며 속도를 줄였다. 달빛이 깔린 도로 위로 많은 차가 우리를 추월해 갔다.

잠시 후 남자가 무슨 말을 중얼거렸다.

네?

'투란도트.' 마지막으로 낸 공주 질문 말입니다. 정답은 '투란도트'라고요.

공주 이름이네요?

그렇죠.

아, 그럼 공주는 자기 이름으로 마지막 문제를 낸 건가요?

대단하죠.

대단하네요.

그리고 곧 아리아 절정 부분이 시작되었다.

아파트 정문을 통해 지하로 내려갔다. 대단지 아파트답게 지하 주차장은 끝이 보이지 않을만큼 광활했다. 겨울 백사장처럼 고요하고 넓었다. 천장에 빈자리를 알리는 등이 모두 붉은색이었다. 수많은 차가 좌우로 정렬해 있었다. 혁명군을 사열하는 장군처럼 우리는 천천히 그 가운데를 지나갔다. 녹색등은 보이지 않았다. 나는 속도를 줄이며 남자를 돌아봤다. 이쯤에서 이중주차하고 운전을 마무리하고 싶었다. 하지만 남자는 운전석 쪽으로 손을 뻗으며 말했다.

저 끝까지 가 보죠.

끝까지요?

네.

거기도 없으면 어떡하죠. 돌아 나올 길이 있나요.

아니요. 막다른 길입니다.

돌아올 수 없는 길. 남자는 아내와 헤어졌다. 자신을 보고 싶어 하는 아들이 있지만 보고 싶을 때마다 볼 수 없다. 매번 잘못된 선택이 지금의 그를 만들었다. 선택을 되돌릴 기회는 몇 번 있었을 것이다. 하지만 언제나 그러지 못한 이유가 그래야 하는 이유보다 앞섰다. 결국 어떤 결정도 이 상황을 변화시키지 못한다.

일단, 가면서 찾아보겠습니다.

나는 액셀을 밟으며 말했다.

내가 할 수 있는 일은 이것뿐이지만 이걸로 충분하다고 생각했다.

네, 가면서 찾아보죠.

남자가 말했다.

그는 다시 선택의 기로에 섰다.

엔진이 천천히 움직이기 시작했다.

빈체로.

모두가 번화가를 찾아서

가능성은 선택 이전에 아무것도 아니다. 그 말은 어떤 의미도 담지 못한다. 잊지 않고 챙겨 먹는 알약도 마찬가지. 폐소공포증. 담당 의사는 대수롭지 않게 말했고, 그 무심함을 인정하고 싶었다. 약을 먹으면 안전하다. 그것이 치료의 개념인지 단지 증상을 유예시키는 것인지는 알 수 없다.

그날 도로는 비어 있다. 비어 있는 곳은 항상 무언가로 채워지기 마련이다. 맹목적인 열기로 질주하는 음악이든, 이해받지 못하는 울음이든, 혹은 상상하는 무엇이든.

*

이 일을 하기 위해서는 두 가지 조건이 동시에 충족되어야 한다. 첫째, 술 마시는 사람이 있어야 한다. 식사 반주로 마시든, 동료들과 본격적으로 마시든 술자리가 있어야 한다. 둘째, 그 사람이 차를 가지고 있어야 한다. 그리고 제일 중요한 것은 그 사람이 내 주변에서 대리운전 콜을 신청해야 한다. 대리기사들이 선호하는 지역은 차를 가지고 있으면서 술을 마시는 사람이 많은 곳이다.

한남동은 우리나라에서 가장 비싼 단독주택이 있는 곳으로 재벌들이 많이 거주하는 지역이다. 그곳에 부자들이 거주하게 된 시기는 한국 경제가 급성장한 시기와 맞물린다. 한국전쟁 이후 미군부대와 국방부가 용산에 들어서면서 권력의 핵심 인물들이 한남동에 거주하게 되었고, 그들과 원만한 관계 형성을 위해 재벌들도 자연스레 한남동에 거주하게 되었다. 용산 미군과 각국 대사관들이 형성되었고, 일제강점기에 일본 장교들이 숙소로 사용하던 건물들엔 해방 이후 각국 외교관들이 거주하게 되었다. 이후 외국 공관 근처에서 집회나 시위를 불허하는 법이 제정되면서 한남동은 프라이버시를 보장받을 수 있는 부촌의 대명사가 되었다.

1969년 지금 한남대교인 제3한강교가 개통되면서 강남 접근성이 수월해졌고, 1970년에는 남산 2호 터널이 개통되어 서울의 중심인 종로구, 중구와의 접근성도 좋아졌다. 한남동은 뒤로는 남산이 있고, 앞으로는 한강이 위치한 전형적인 배산임수 지역이다. 한강과 중랑천이 만나는 옥수동과 성수동 일대는 재물의 기운이 넘치는 지역이라는 평이 많다. 그리고 근처에는 대표적인 유흥가로 새벽까지 콜이 울리는 이태원동이 있다.

대리기사도 저마다 출근하는 곳이 있다. 아무 곳에서나 무작정 일을 시작하지 않는다. 다들 몇 번의 경험을 통해 자신에게 맞는 출근지가 생긴다. 첫 콜이 중요하다. 첫 콜로 좋은 도착지를 좋은 가격에 배정받아야 한다. 좋은 도착지는 다음 콜을 받기 용이한 곳. 그리고 그곳까지 이동하는 비용이 높아야 한다. 내가 출근하는 곳은 서울역 인근 순화동이다. 순화동은 빌딩 밀접 지역으로 하루 업무를 끝낸 회사원들이 저녁 식사 겸 반주를 하고 집으로 가기 위해 대리운전을 부르는 일이 많다. 손님 대부분이 만취한 경우는 거의 없으며 매너가 좋다. 또한 시청을 비롯한 관공서와도 가깝다. 또한 서소문동과 서울역 뒤편 중림동도 빠른 걸음으로 도착할 수 있다.

나는 서대문 D타워 건물 앞에서 남자와 만나 엘리베이터를 타고 지하로 내려갔다. 그 건물은 지하 주차장에서 올라오는 길이 좁다. 일명 '골뱅이 주차장'이라 불리는 출입로는 연속으로 회전하면서 빙글빙글 돌아 나와야 하는 곳으로 차폭감이 없으면 벽면을 긁기 십상이다. 실제로 코너마다 검게 긁힌 자국이 길게 이어졌다. 무수한 운전자들이 이 길을 오르며 차를 긁었다. 운전석 시트에서 저절로 허벅지가 들리며 오금이 저렸다. 전에 이 건물에서 출발했던 고객은 지상까지 자신이 대신 운전해 주겠다며 나를 조수석에 앉히고 운전석에서 시동을 걸었다. 나는 기꺼이 운전대를 넘겨주었다. 그는 평지를 달리듯 속력을 내더니 좁은 통로를 거침없이 빠져나갔다. 그때 우리는 지하 5층에 있었다. 차는 45도 기울어진 각도를 유지한 채 유선형 통로를 거침없이 달렸다. 질주했다는 표현이 어울릴 정도였다. 나도 모르게 차창 위 손잡이를 부여잡았다. 절로 감탄이 나왔다. 사이드미러 옆으로 벽면이 바싹 다가왔다 멀어졌다. 자칫 긁히기라도 하면 보험 처리를 해야 한다. 사고 기록이 남으면 다음 보험 심사 때 탈락이다. 보험 적용이 불가하면 더 이상 대리 일을 할 수 없다. 실업자가 된다는 의미다.

골뱅이 주차장을 빠져나오는 데는 몇 가지 중요한 요령이 있다. 우선 주의 깊은 시선 처리와 섬세한 차폭감, 그리고 입체적인 공간감이 필요하다. 액셀은 밟는다기보다 발을 얹는다는 느낌으로 필요한 순간에만 약간의 터치를 가한다. 그렇다고 발을 떼면 차가 뒤로 밀릴 수 있다. 골뱅이 주차장은 경사가 급하기 때문에 액셀 페달에서 발을 떼면 금방 속도가 줄어든다. 하지만 일정한 속도와 정확한 각도가 만나면 쉽게 빠져나올 수 있다.

좁은 면적에 많은 인원을 수용하기 위해 고층 빌딩에는 이런 주차장 구조를 가진 곳이 있다. 실제로 가 본 곳으로 여의도 타임스퀘어, 여의도성모병원, LG서울역빌딩 등이 있다. 매번 망설여지는 출발지다. 기사들도 대부분 알고 있는지 출발지로 저런 곳이 뜨면 쉽게 잡지 않는다. 운전이 업인 사람들도 처음 접해 보는 차로 좁은 길을 빠져나오기란 여간 어려운 일이 아니다. 상황에 따라 주차장 조명이 꺼진 경우도 있다. 모든 빌딩이 24시간 주차장을 밝히고 있지는 않는다. 그럴 때는 차량 전조등에 의지해 좁고 긴 통로를 빠져나와야 한다.

남산 1호 터널을 통해 한남대교를 지나 경부고속도로로 진입한다. 대장동으로 가기 위해 금토JC에서 용인서울고속도로로 빠진다.

분당은 서울 이남의 최대 번화가다. 판교역을 중심으로 수내동, 서현동, 정자동이 이어지고, 왼편으로 판교동, 운중동, 대장동이 있다. 판교테크노밸리에는 IT산업을 기반으로 하는 업체들이 즐비하고, 그들을 위한 유흥가 역시 많다. '천당 아래 분당'이라는 말처럼 지역 전체가 부촌의 이미지를 갖고 있다.

운중동에는 호화로운 단독주택이 많다. 아파트는 투기 대상이라는 인식과 공동생활의 불편함을 견디기 힘들어하는 이들에게 한적한 교외 감성과 함께 쉽지 않은 접근성으로 프라이버

시까지 챙길 수 있는 운중동은 제2의 평창동을 꿈꾸는 신흥 부자들에게 좋은 선택지가 되었다.

이 일을 하면서 알게 된 사실. 사람들은 끼리끼리 모인다. 가난한 사람은 가난한 사람과 만난다. 술을 마시며 서로의 불행을 저울질한다. 술자리는 서로를 동정하고 위로하다 마지막에는 싸움으로 끝난다. 낡은 자동차에 올라 대리기사에게 화풀이를 하고, 좁고 어두운 골목을 지나 집으로 올라간다. 부자들도 부자들끼리 만난다. 그리고 그들은 대체로 대리비에 인색하지 않다. 만취하는 경우도 드물다. 그래서 기사들은 부촌으로 알려진 곳을 도착지로 잡고 싶어 한다. 콜 연계가 쉬우며 조금은 마음 편히 운전할 수 있다.

다시 용인서울고속도로.

용인서울고속도로에는 몇 개의 터널이 연달아 이어진다. 터널의 문제점. 터널을 지날 때면 최면에 빠지게 되는 순간이 있다. 일정한 속도. 똑같은 풍경. 반복되는 소음. 비슷한 구간. 그곳을 통과할 때마다 무언가 내게 말을 거는 듯한 느낌이 든다. 내가 어딘가로 빨려드는 느낌, 혹은 반대일 수도 있다. 나는 터널에 진입하는 순간 현재에서 과거를 회상하고, 터널을 빠져나오며 과거에서 미래를 상상한다. 가령, 터널을 떠올릴 때마다 함께 생각나는 풍경이 있다. 오래전 사귀던 친구는 매번 길고 커다란 빨대를 사용했다. 전용 빨대였다. 그걸로 맥주를 마셨다. 왜 그런 거야? 묻고 싶었지만 특별한 대답을 기대한 것이 아니었기에 나는 아무 말 없이 내 잔에 담긴 맥주를 마셨다. 그때가 언제였던가? 우리는 흰색 파라솔 아래 앉아 있었다. 짧게 스치는 바람에 풀냄새가 났다. 햇빛은 따스했지만, 그늘에 있으면 금세 서늘해졌다. 우리는 대학교 졸업반이었다. 곧 졸업이라는 아쉬움보다 닥쳐올 사회생활에 대한 두려움이 더 컸다. 교정에 길게 늘어선 나무는 풍성한 그림자를 거느리고 있었다. 도서관에서 한 무리의 학생들이 빠져나왔다. 신입생들의 웃음소리에는 젊음과 기회에 대한 과시적인 자만이 묻어 있었다. 나는 고개를 젖혀 나뭇가지에서 돋아나는 새순을 찾아보았다. 중앙 광장 스피커에서 대중가요가 울려 퍼졌다. 축제 준비를 하는 학생들이 분주하게 움직이고 있었다. 맞은편에 앉은 그녀는 흰색 바지에 파란 티셔츠를 입고 있었다. 하지만 세세한 부분은 기억나지 않는다. 인화가 덜 된 사진을 보듯 뭉개진 실루엣이 이리저리 움직일 뿐이다. 그녀의 은색 빨대가 잔에 부딪치며 내는 소리만이, 희미해져 가는 의식에 경고를 날린다.

어딜 보고 있는 거야?

기억 속에서 그녀의 손이 불쑥 나타나더니 탁, 탁 손가락을 튕기며 말한다.

집중해.

그녀의 손가락에선 맑고 딱 부러지는 소리가 난다. 마치 촬영 시작을 알리는 슬레이트처럼. 그리고 나는 이제 터널을 빠져나왔다.

다음 목적지는 이태원.

도착지에서 다시 출발지로 가는 콜을 '따당'이라고 한다. 운이 좋은 경우다. 나는 다시 용인서울고속도로와 경부고속도로를 거쳐 한남동으로 향했다.

이태원동. 대장동에서 운행을 종료하자마자 뜬 콜이라 무심코 잡았지만, 이 시간에는 계륵 같은 곳이다. 방송에 소개된 유명 음식점들이 많지만 대체로 이른 시간에는 좋은 콜이 나오지 않는다. 복불복인 경우가 많다. 그래도 이태원에서 한남동으로 이어지는 구간과 한남대교를 지나면 바로 강남으로 갈 수 있다는 이점 때문에 여전히 많은 기사가 선호하는 지역이다. 한남오거리에서 대기하다 집으로 가는 복귀콜을 잡을 요량으로 순천향대학교 병원을 지나 해밀톤호텔 방향으로 천천히 걸음을 옮겼다. 이태원 거리에는 이국적인 체취와 향신료 냄새가 섞여 있다. 외국인 무리를 지날 때마다 데오드란트 향이 따라왔다. 목선과 어깨선이 강조된 옷을 입은 사람들 피부에선 진한 향수 냄새가 났다. 아찔하게 허벅지를 드러낸 치마와 화려하게 젊음을 과시하는 옷을 입은 사람들이 삼삼오오 모여 술을 마시거나 어딘가로 걸어가고 있었다.

자정이 넘은 시각. 버스킹 노랫소리와 클럽 스피커에서 쏟아지는 음악이 한데 어우러져 거리는 맹목적인 열기로 가득했다. 음악을 따라가다 걸음을 멈췄다. 제일기획 맞은편 횡단보도 앞 벤치에 한 여자가 무릎에 상반신을 붙인 채 엎드려 있었다. 그 뒤로 네온이 화려한 클럽 입구가 있고 사람들이 길게 줄을 서 차례를 기다리는 중이었다. 여자는 혼자였다. 술에 취한 걸까. 일행이 없는 건가. 일행과 헤어진 건가. 왜 여기서 혼자 있는 걸까. 클럽 음악과 경적 소리, 잡담과 구두 소리, 자동차 엔진음이 뒤섞인 거리 한 편에서 여자는 울고 있었다. 일정한 간격으로 어깨가 떨리자 목과 머리가 함께 반응했다. 울음을 위한 호흡이었다. 자세히 보지 않으면 알 수 없을 만큼 희미했지만, 조금만 주의를 기울이면 알 수 있다. 마치 좁은 주차장을 빠져나올 때처럼.

한껏 멋을 낸 사람들이 클럽에서 나오고, 다시 그만큼 사람들이 클럽으로 들어간다. 보행신호를 기다리는 사람들로 횡단보도 앞은 북적였다. 여자 옆에는 아무도 가까이 가지 않았다. 나는 10분 동안 그 자리에 있었다. 그리고 서교동으로 가는 콜을 잡았다. 통화를 하니 남자는 건너편 주민센터 공영 주차장으로 오라는 말을 전했다.

운전하는 내내 울고 있던 여자의 긴 머리카락과 떨리던 어깨가 생각났다.

클럽이 마감하는 새벽 시간이면 이태원에 콜이 많을 것이다. 하지만 다시 이태원으로 돌아갈 수는 없다. 그러기에 나는 너무 피곤했다.

2022년 10월 29일 이태원에서 159명이 목숨을 잃었다.

도로는 검은 뱀의 등에서 반짝인다

비를 생각한다. 빗방울의 둥근 면적. 바닥에 닿아 더 이상 움직일 수 없는 비를 생각한다. 비는 처음 구름에서 시작될 때와 달리 바닥에서 움직일 줄 몰랐다. 이따금 빠르게 지나는 차들이 바닥에 모여 있는 비를 움직이게 했고, 행인의 발꿈치를 따라 조금 이동했을 뿐이다.

그날 빗소리는 입체적으로 찾아왔다. 우산을 들고 서 있으면 알게 된다. 나는 어디로든 갈 수 있지만 가는 곳마다 비의 장막에 포위된 것이다.

*

비가 온다. 비가 오면 술 약속이 많아진다. 자연스레 콜이 늘어난다. 하지만 대리기사 입장에서는 그리 반가운 일이 아니다. 비가 내리면 도로는 미끄럽고 주행선은 잘 보이지 않는다. 그때 비와 눈은 낭만의 지위를 잃는다. 단지 위험 요소일 뿐이다. 잘못하면 운전으로 버는 수입보다 사고 처리 비용이 더 나올 수 있다. 하지만 기사가 없으면 콜 가격은 높아진다. 콜 수요도 많아져 대기시간이 짧아진다. 짧은 시간에 높은 수익을 얻을 수 있다. 위험부담을 안고 핸들을 잡을 것인가, 다음 날을 위해 체력을 보충할 것인가. 고민하는 순간에도 결정을 재촉하며 비가 온다.

관양동 가는 길에 비가 쏟아졌다. 지하 주차장을 빠져나오자 유리창에 빗방울이 떨어지기 시작했다. 처음에는 셀 수 있을 정도였는데 곧이어 폭포처럼 쏟아졌다. 앞이 보이지 않을 정도였다. 시청을 돌아 명동 방향으로 접어들 때쯤이었다. 손님은 20대 후반 혈기 왕성한 남자. 출발지에 도착했을 때 일행과 함께 화단 옆에서 담배를 피우고 있었다. 불콰해진 얼굴에 흰 셔츠를 바지 밖으로 빼놓고 있었다. 일행은 내게 담배 피우냐고 물었다. 나는 고개를 저었다. 그럼, 이것만 마저 피울 테니 잠시만 기다려 달라. 기다리는 동안 대리를 부른 남자는 관양동까지 이 가격이 맞느냐며 대리비가 너무 올랐다는 푸념을 늘어놓았다. 가격은 우리가 정하는 게 아니다. 남자도 하소연할 곳 없으니 그럴 테지만, 매번 난감하다.

오전까지만 해도 비 예보는 없었다. 와이퍼를 빠르게 작동한다. 와이퍼가 쉴 새 없이 창문을 스쳐 간다. 그럼에도 찰나에만 보이는 시야. 빗물을 닦아 내는 것보다 빗물이 쏟아지는 속도가 빠르다. 남은 빗물에 시야가 흐려진다. 바닥에 주행선이 보이지 않는다. 앞선 차들 후미등이 길게 번진다. 그 점선을 따라 이동하는 수밖에 없다. 신호등 빛도 빗물에 번져 보인다. 속도를 줄여야 한다. 제동거리가 길어진다. 시속 30킬로미터일 때 제동거리는 14미터가 필요하다. 시내 도로 기준 흰색 점선의 간격은 8미터. 돌발 상황에 안전하게 정지하려면 점선 두 개 정도를 앞에 두고 주행해야 한다.

차선은 일정하지 않다. 두 개 차선이 진행하다 세 개로 늘어나기도 하고, 반대로 좁아지기도 한다. 직선으로 뻗어 있는 듯 보이지만 때로 차선은 한쪽으로 기울어지기도 한다. 비가 내려 도로가 젖으면 이 모든 게 제대로 보이지 않는다. 앞차 후미등을 따라 진행할 수밖에 없다. 확신의 대상이 바뀐다.

운전하다 보면 뒤를 봐야 할 때가 많다. 좌우 사이드미러와 룸미러를 통해 도로 위에서 내 위치를 체크해야 한다. 지금 나는 어디쯤 위치하는가. 내가 어디에 있는지, 도로 위에 나 말고 어떤 차들이 주위에 있는지 알아야 한다. 눈으로 수집한 정보를 머릿속에서 완성한다. 계속해서 도로 위 내 위치를 수정한다. 확정한다. 수정한다. 그리고 다시 확정한다. 상대 위치가 확인되어야 내 위치가 결정된다. 나는 언제나 상대적이다.

창문에 김이 서린다. 에어컨을 튼다. 연식이 오래된 소나타 차량은 에어컨을 틀자마자 출력이 떨어진다. 내비게이션 주행 경로는 남산 1호 터널을 통해 한남대교를 지나 경부고속도로를 안내했다. 명동 방향을 지날 즈음 경로는 남산 3호 터널을 통해 동작대교로 바뀐다. 주행 경로는 통행량을 기준으로 결정된다. 오르막길. 뒤따라오던 차들이 연신 나를 추월해 앞으로 끼어든다. 남산 3호 터널을 오르는 길에 기어가 변속되는 게 느껴진다. 이태원을 지나 동작대교로 향하는 길은 수월하다. 하지만 이수, 사당 방면으로 접어들자 길게 꼬리를 문 차들의 행렬이 늘어서 있다.

기사님. 아까 거기서 잠실이 빠른가요? 관양동이 빠른가요?

거리는 비슷하다. 둘 다 베드타운인 것도 같다. 하지만 잠실은 강남으로 이동이 용이하다. 선택하라면 잠실이 낫다. 하지만 이런 것까지 말할 필요는 없다.

부모님 집에 가려다 그냥 집으로 가는 길이에요. 이 나이 먹었으면 이제 부모랑은 멀어지는 게 좋지요. 그렇죠?

남자는 무심한 듯 말한다. 나는 적당한 말로 맞장구친다.

소나기라고 생각했다. 하지만 우산 없이는 이동이 불가능할 정도로 비가 내린다. 빗소리에 여백이 없다. 사람들은 건물 입구에 모여 비가 그치기를 기다리고 있다.

기사님. 우산 있으세요?

아니요.

그럼, 어떡하세요?

글쎄요. 도착해서 하나 사야죠.

도착지는 관양동에서 이제 막 개발되고 있는 아파트촌이다. 상가건물이나 편의점이 있을지 의문이다.

뭘 사요. 제가 하나 드릴게요. 거기 아직 아무것도 없어요.

감사합니다. 그럼, 망가진 우산이나 낡은 걸로 부탁드립니다.

아니요. 차에 괜찮은 우산 몇 개 있어요. 비가 이렇게 오는데 언제 사러 가요.

핸들을 잡은 손이 가벼워진다.

사당역사거리. 한꺼번에 몰린 차량에 도로는 주차장으로 변했다. 주행 신호를 받았지만 차는 움직일 줄 모른다. 한차례 신호가 바뀐 뒤에도 앞차는 움직이지 못한다. 불일치. 격차. 의식과 신체가 따로 작동하는 경우. 정신은 깨어 있지만 몸은 움직이지 않는 경우. 답답하다. 불안하다. 답답한 마음은 불안으로 옮겨 간다. 일치하지 않는 것들. 자물쇠에 엉뚱한 열쇠를 넣었다. 아무리 돌려도 열리지 않는다. 이제 가야 하는데, 갈 수 없다. 움직일 수 없다. 나는 누군가에게 혹은 무언가에게 쫓기고 있다. 자물쇠를 열고 저 문을 열어야 하는데, 열쇠가 맞지 않는다. 손에 땀이 돈다. 목이 굳어 간다. 금방이라도 누군가 내 뒷덜미를 움켜쥘 것 같다. 급소에 송곳니를 박을 것 같다. 발에 자꾸만 힘이 들어간다. 나도 모르게 페달을 밟을지 모른다. 앞차를 들이받고 눈앞에 보이는 공간으로 빠져나가고 싶다. 나는 기어를 파킹에 놓고 발을 뗀다. 핸들에서도 손을 떼자 남자의 목소리가 들린다. 남자는 어느새 통화 중이다.

선배. 내가 그거 아니라고 했잖아. 아니, 걔네들한테 그렇게 끌려다니면 안 된다니까. 지난번에도 그랬지? 아니야? 맞잖아. 내가 걔네들 성향 잘 알아. 아니야. 그거 아니라고.

남자는 화가 나 있다. 나는 그 영향권 안에 있다.

사당역을 지나 과천 방향으로 접어들자 흐름이 좋아졌다. 그래도 속도를 높여선 안 된다. 빗물에 번진 도로는 검은 뱀의 등처럼 어둡게 반짝인다. 나는 조심스레 그 위를 밟고 지나간다. 앞선 차바퀴에서 라이트 불빛을 머금은 빗물이 하얗게 튄다. 차간거리를 유지하며 정속주행을 유지한다. 저 뱀을 깨워서는 안 된다.

그렇게 하면 안 돼. 안 된다고. 아이 씨, 답답하게 왜 그래? 왜 그러는데?

남자 말투에 짜증이 묻어 있다. 어서 주행을 마치고 싶다. 불편한 마음으로 운전하면 어딘지 모르게 불안해진다. 무엇보다 남자 목소리가 너무 크다. 코너를 돌아가는 찰나 뱀이 슬쩍 고개를 돌린다. 나는 못 본 척한다. 내비에 남은 시간은 5분. 곧 도착이다. 차는 주도로에서 벗어나 샛길로 방향을 튼다. 가림막을 설치한 공사장을 지나 눈앞에 신축 아파트 단지가 들어선다. 방지턱을 넘으며 마음도 한시름 놓는다. 어느새 차창에 내리는 빗방울도 줄어들었다. 그래도 우산은 필요하다. 지하 주차장으로 내려가 눈에 띄는 자리에 차를 세운다. 남자는 여전히 통화 중이다. 차를 세우고 시동을 껐지만 자리에서 일어날 생각이 없다. 나는 망설인다. 우산 달라고 말해야 하는데…… 말할 타이밍을 잡지 못한다.

도착했습니다.

남자는 한 손을 들어 알았다는 신호를 보낸다. 그리고 문을 열고 나간다.

안녕히 가세요.

나는 한 번 더 말한다.

남자는 들었다는 뜻으로 손을 흔든다. 주머니에서 담배를 꺼내며 엘리베이터 입구로 걸어간다. 우산은 받지 못했다.

주차장 진입로를 따라 밖으로 나오니 어느새 비는 그쳐 있다. 가로등 주위로 희미하게 날리는 빗방울이 날벌레처럼 흩어진다.

비 오는 날 도로에는 수많은 불빛이 돋아난다. 살아 있다. 각각의 불빛들은 빗물에 젖어 흐른다. 흐르지 못하는 불빛은 번진다. 어둠이 도로에 내리면 불빛은 그 가운데 살아난다. 살아난 불빛에 빗물이 닿으면 번진다. 번지는 것은 모두 어딘가로 흐른다. 흐르고 싶어 한다. 내가 모르는 방향성을 가진다. 하지만 나는 그곳으로 갈 수 없다. 가서는 안 된다. 내가 가는 길은 정해져 있고, 그 방향을 벗어나는 순간 사고는 일어난다.

비 예보는 없었다. 하지만 바람에서 느껴진다. 멀리 습기를 머금은 대기가 밀려온다. 피부가 늘어지고, 보이는 모든 것이 늘어진다. 나는 그것을 느낀다. 느끼지만 볼 수 없다. 알고 있다고 생각하지만 증명할 수 없다. 가장자리 도로는 말라 있다. 하지만 비가 오면 젖을 것이다. 어두워질 것이다. 그것은 인간이 만든 불빛으로 밝힐 수 없는 어둠이다. 아직 비는 내리지 않는다. 내가 틀렸는지도 모른다.

저 공터에 가득 찬 어둠. 거대한 뱀이 한 치의 틈도 없이 똬리를 틀고 있다.

신실한 당신의 이름은

머리가 무겁다. 가스로 가득 찬 행성처럼 손을 넣어 잡으려 하면 아무것도 잡히지 않는다. 빈손이 머리를 빠져나온다. 머리는 여전히 무겁다. 생각은 머리에 들어갔다가 다른 방향으로 빠져나온다. 그것은 처음과 달라져 있다. 마음에 든다. 적어도 무언가 달라졌다.

*

기사님, 죽은 사람 옷에 뭐가 들어 있는지 아세요?

남자는 취해 있었다. 술에 취한 사람이 하는 말은 갑작스럽고 의도를 알 수 없다.

죽은 사람 옷에 뭐가 들어 있나요?

그러게요. 거기 뭐가 있겠어요. 아무것도 없지.

남자는 말을 마치고 피식 웃었다. 그러고는 창에 머리를 기댄 채 말을 이었다.

오늘 그런 말을 들었거든요.

차는 구형 아반테. 이제 막 20만을 넘었다. 시트 중간에 솜이 비져나와 있었다. 운전석 균형도 묘하게 어긋나 있어 처음엔 내 자세가 기울어졌나 하는 생각이 들었다. 무엇보다 차 안 공기가 탁했다. 이 냄새는 젖은 수건이 오래됐을 때 맡은 적 있다. 낡은 창고 문을 열고 들어갔을 때 처음 나는 냄새. 공조기를 외부 환기로 돌리는 편이 나을 정도였다. 핸들도 왼쪽으로 기울었다. 수시로 차선을 넘어가려는 걸 잡아 줘야 했다.

우리는 내부순환도로를 따라 서대문 방향으로 이동 중이었다. 방음벽 너머 길게 이어진 아파트 단지가 도로를 내려다보고 있었다. 차량 흐름은 좋지 못했다. 월곡램프 구간을 지날 때부터 시작된 정체는 이내 순환도로를 주차장으로 만들었다. 나는 핸들에서 손을 놓고 창문을 열었다. 벌어진 틈으로 새벽 공기가 스며들었다. 남자의 몸에선 고기 냄새와 향수 냄새가 동시에 났다. 한데 뒤섞인 냄새는 밖으로 빠져나가지 못하고 차 안에서 맴돌았다.

오랜만에 학교에 다녀왔어요.

남자도 뒷좌석 창문을 열었다. 바람의 흐름이 앞에서 뒤로 이어졌다.

딱히 학교에 미련은 없는데, 그냥 그렇게 됐어요. 제가 학습지 회사에 다니거든요. 이번에 대학 교재 사업을 새로 시작하는데…… 잠시만요.

남자는 품에서 담배를 꺼내 물었다.

기사님, 담배 태우세요? 어차피 시간도 많은데 같이 피우시죠?

운전 중에는 안 피웁니다.

그럼 저만 피울게요.

나는 창문을 끝까지 열었다.

부장이 은근히 압력을 넣지 뭡니까. 새로운 판로를 뚫어야 한다, 어디 아는 학교 없냐, 뭐 이런 소리를 하는데, 거참. 아무튼 그렇게 됐어요. 학교 팔아 장사할 생각은 없었는데, 별수 있나요. 까라면 까야죠. 이럴 줄 알았으면 평소에 교수들에게 좀 곰살맞게 굴걸 그랬어요.

나는 계기판에 뜬 정보를 읽고 있었다. 킬로수는 높고, 연식도 오래된 차다. 주행 가능 거리는 겨우 8킬로미터. 목적지까지 갈 수는 있지만 이미 계기판에 주유 경고등이 들어와 있다. 이 시간에 문을 연 주유소가 있을까. 있어도 차주가 별말이 없다면 그냥 가는 게 좋다. 대리기사에게 시간은 곧 돈이니까. 정체된 도로는 그래서 최악이다.

　아무래도 삼겹살이 무난하죠. 학교 근처에 잘하는 가게가 있었는데 아직 그대로더라고요. 그래서 일단 거기로 갔죠.

　남자는 오늘 학부 시절 지도교수와 만났다.

　오랜만에 만난 교수와 그는 삼겹살 가게에 자리를 잡았다.

　"자네가 졸업하고 나서 처음이니 이제 한 10년 됐나?"

　교수가 먼저 입을 열었다. 그는 물수건으로 테이블을 닦다가 머쓱한 미소를 지었다. 작은 얼룩이 잘 지워지지 않았다. 뭐지? 저 말은 나를 책망하기 위한 건가. 오랜만에 찾아온 제자를 경계하는 걸까. 아까 연구실에서도 할 수 있었던 얘기를 왜 지금 하는 걸까. 아니다. 아니야. 저 말은 그저 사실을 확인하기 위한 질문일 뿐이다. 그런 게 원래 교수들 습관 같은 거니까. 그는 물수건을 뭉쳐 테이블 가장자리에 밀어 놓았다. 황급히 얼굴에서 웃음을 지웠지만 잠시나마 자신이 비굴해 보였다는 생각을 떨칠 순 없었다. 그렇게까지 시간이 지난 줄 몰랐다. 그동안 교수는 부교수에서 정교수가 되어 있었다. 학교 정문을 들어서며 감회에 젖었던 마음은 곧 어색함으로 변했다. 교수 연구실 위치가 기억과 달라 단과대 건물에 들어서서 몇 번인가 헤맸다. 학과 사무실에 문의하려다 그냥 다시 1층으로 내려와 층별 안내도를 확인했다. 무슨 일로 그러시죠? 직원에게 이런 질문을 받을 게 분명했다. 동기들에게 학교가 많이 변했다는 얘기를 들었다. 그때는 단순히 분위기를 말하는 줄 알았는데 실제로 학교는 몇 년 전 리모델링을 통해 외관뿐 아니라 내부까지 달라졌다. 몇 번이나 복도를 돌아 나오며 그는 초대받지 못한 손님이 된 듯했다. 부르지 않았는데 온 사람. 모두에게 누구지? 하는 시선을 받지만 아무도 이름을 모르는 손님. 불청객은 아니지만 아무도 반가워하지 않는……

졸업생인데, 선생님께 인사드리러 왔습니다. 이런 간단한 답변이 겨우 찾은 교수 연구실 앞에서 생각났다. 자격지심이야. 그는 고개를 저으며 문을 두드렸다. 대답이 없었다. 연구실 옆 안내판에서 수업 시간표를 확인했다. 교수는 전공필수 과목 수업 중이었다. 수업이 끝나려면 두 시간쯤 더 기다려야 했다. 학부제로 바뀌면서 학과 소모임실과 휴게실이 사라졌다. 예전에는 눈 감고도 찾을 수 있는 곳이었다. 도서관은 학생증이 있어야 출입이 가능했다. 그는 도서관 뒤편 벤치로 자리를 옮겼다. 허리가 뻐근했다. 일렬로 늘어선 벤치에는 아무도 없었다. 아무도 없는 벤치를 따라 바람이 불었다. 길게 늘어선 느티나무 위로 푸른 잎이 요란하게 흔들렸다. 그 소리를 따라 그늘이 움직였다. 축제 준비를 하는지 중앙 광장에 천막이 쳐지고, 전 부치는 냄새가 퍼졌다. 좋을 때다. 맥주 생각이 간절해졌다.

주문한 삼겹살 2인분과 소주 한 병이 테이블에 놓였다. 그는 소주병을 따며 잔의 위치를 살폈다. 테이블 중앙에는 방금 전 주인이 놓고 간 숯불이 탐스러운 열기를 품고 있었다. 좌식 바닥은 오랜만이라 차츰 다리가 저렸다. 테이블 건너편 출입문 쪽에는 교수 동료들이 따로 자리를 마련하고 있었다. 단과대가 달라 그와는 안면이 없는 교수들이었다.

연구실 문을 열고 들어섰을 때 교수는 손가락에 담배를 끼운 채 통화 중이었다. 그래? 오늘? 나야 괜찮지. 그 선생은 왜 또 그랬대? 아직도 우리가 뭘 가르치는 사람이라 생각하는 모양이지? 어디서? 그래. 잠시만. 그를 확인한 교수는 손짓으로 소파를 가리켰다. 자신을 알아보는 것 같지는 않았다. 연구실은 기억보다 더 넓고 깨끗한 곳으로 바뀌었다. 나 손님이 왔어. 그래, 거기서 보자고. 그는 엉거주춤 소파에 앉아 책장을 훑었다. 문득 교수가 자신의 손을 훔쳐본 거 같았다. 그는 빈손이었다.

"갑자기 찾아와 깜짝 놀랐네. 그래, 자네는 요즘 어떻게 지내나?"

술잔을 받으며 교수가 물었다.

그는 두 손으로 소주병을 잡으며 다시 웃었다.

둘은 가볍게 건배했다. 교수는 술잔을 들어 건너 테이블을 향해 가볍게 알은체했다. 그쪽이 선약이었다.

"이 집 고기가 아주 맛있어."

교수가 상추를 집으며 말했다.

그는 앞니로 깻잎 줄기를 끊었다. 좀 더 조용한 곳으로 가고 싶었다. 적어도 고깃집에서 불을 피우며 하고 싶은 얘기는 아니었다.

"요즘은 술만 마시면 다음 날 아무 일도 못 해. 몸이 예전 같지 않아서 말이야. 종일 누워 있어야 된다니까. 자네들이랑 같이 마시던 때가 좋았지."

교수가 말했다.

그는 미리 준비한 화젯거리를 풀어놓았다. 대부분 듣고 가볍게 웃을 수 있는 내용들이었다. 학창 시절 자신은 미숙했고 철이 없었다. 몸이 성장하는 만큼 정신도 함께 성숙하지는 않았던 것 같다. 중요한 일에 집중하지 못하고 엉뚱하게도 사소한 것들에 최선을 다하던 시절에 대한 이야기였다. 사회에 나가니 학교 다닐 때가 얼마나 좋은 시절이었는지 알게 되었다. 교수의 반응은 좋았다. 낮은 목소리로 키득거리며 술잔을 자주 비웠다. 얘기는 주로 그가 했다. 어깨가 굳고 다리가 저렸다. 이건 회식 자리와 다를 바가 없군. 학교에서도 사회생활을 해야 되는 건가. 그는 소주를 마시고 빈 잔을 내려놓았다. 슬슬 준비한 얘깃거리가 바닥을 보이고 있었다. 말하느라 미처 먹지 못한 고기가 불판 가장자리에서 딱딱하게 굳어 갔다.

얼굴은 금세 달아올랐다. 대화 주제는 자연스럽게 건강 쪽으로 이어졌다. 교수는 최근에 받았던 건강검진 결과를 얘기했고, 그도 얼마 전 병원에서 당뇨 초기 증상 판정을 받은 사실을 털어놓았다. 두 사람은 쉽게 피로해지고 매사에 의욕이 없다는 공통점을 찾았다. 오랜만에 건배하며 그는 아픈 사람들이 왜 그렇게 쉽게 친해지는지 궁금했다.

7시가 지나자 식당은 손님들로 한층 북적였다. 고기 굽는 연기가 천장을 가득 메웠다. 앉아 있을 때는 몰랐다. 종업원이 가게 문을 열었다. 기다렸다는 듯이 연기가 가게를 빠져나갔다. 그는 화장실에 다녀오며 소주 한 병을 더 주문했다.

"자네, 내 어머니 장례식에 왔던가?"

자리에 앉자마자 교수가 술잔을 내려놓고 물었다. 정신이 번쩍 들었다. 기억나지 않았다. 그는 앞에 놓인 소주를 마시며 시간을 벌었다. 교수는 이미 목까지 벌겋게 달아올랐다. 연락받지 못했다고 대답했다. 자세를 고쳐 잡은 뒤 놀라고 죄송한 마음을 담아 눈을 크게 뜨고 입술을 아래로 늘어뜨렸다.

"괜찮아. 그럴 수 있지. 자네가 죄송해할 일은 아니야."

교수 표정을 살피며 그는 몇 년 전 일을 기억해 냈다. 숙취로 고생하던 주말 아침이었다. 동기의 문자메시지를 확인했다. 이 교수 어머니가 돌아가셨다. 이 교수? 당시 이 교수는 젊고 재치가 넘치는 선생이었다. 수업은 재미있었고 특히 여학생들에게 인기가 많았다. 졸업하고도 찾아오는 학생들이 종종 있었다. 그는 그런 점이 모두 못마땅했다.

졸업생에게 학부 지도교수 모친상만큼 애매한 일이 있을까. 더군다나 장례식장은 지방이다. 그는 눈치 없는 동기를 탓하며 숙취에 이끌려 다시 잠을 청했다.

"그래? 하긴 다들 사회생활 하느라 바쁠 때니까 일일이 연락하기 힘들었겠지."

그는 숨을 참으며 진심으로 송구스럽고 죄송한 표정을 끌어올렸다. 얼굴은 금세 붉게 달아올랐다. 군대에서, 직장에서 자주 짓던 표정이었다. 하지만 정작 자신은 볼 수 없었다. 다행일 수도 있었다.

교수는 종종 수업 시간에 어머니 얘기를 했다. 그녀는 신실한 기독교인으로 평일 새벽기도부터 주말 예배까지 빠지는 법이 없었다. 아들이 교수가 된 뒤부터는 더욱 열심이었다. 한번은 가까운 교인들끼리 예루살렘 성지 순례를 다녀온 적이 있었다. 팔레스타인과 이스라엘의 영토분쟁이 한창이던 시기였다. 사람들의 만류에도 불구하고 그녀는 믿음과 사랑으로 이 모든 문제가 해결될 거라 여겼다. 실제로 올드시티에서 만나는 사람들은 모두 친절했다. 일행은 가이드를 따라 예루살렘에 있는 종교 유적지를 돌아보았다. 그녀는 이처럼 성스러운 곳에 거주하는 가이드가 진심으로 부러웠다. 가이드는 능숙하게 일행을 안내했다. 마지막 심판의 날이 시작된다는 '골든게이트'를 지나 예루살렘 성벽의 일부분인 '통곡의 벽'에 이르렀다. 수많은 유대인이 머리에 키파를 쓴 채 벽에 이마를 대고 기도를 올리고 있었다. 통곡의 벽이라는 이름을 듣고 그녀는 이마가 서늘해졌다. 만국 교회를 지나 골고다 언덕을 오르며 예수의 고난과 시련을 몸소 체험했다. 예수가 부활했다고 알려진 '정원 무덤'에서는 벅차오르는 감동에 눈물이 났다. 오, 주여. 그녀는 가슴 앞으로 두 손을 모으고 읊조렸다. 아멘. 그녀의 모습을 본 교인들이 함께 기도했다.

일정 마지막 날, 새벽에 눈을 뜬 그녀는 혼자 산책길에 나섰다. 내내 음식이 입에 맞지 않아 속이 불편했지만, 마음만은 충만했다. 기도 역시 매일 빠뜨리지 않았다. 새벽 거리에는 안개가 짙게 깔려 있었다. 여긴 왜 이렇게 개가 많을까. 그녀는 시장 가판대 옆에 사람처럼 누워 있는 개들을 피해 걸음을 옮겼다. 화려한 장신구를 팔던 가판대에는 자물쇠가 걸려 있었다. 성물이 진열되어 있던 가게마다 철제 셔터가 내려진 채였다. 신발이 젖은 포석에 닿을 때마다 자박자박 발소리가 따라왔다. 시장 골목을 빠져나오니 성 밖이었다. 돌아본 예루살렘은 새벽빛에 신비하고도 성스러운 자태를 뽐내고 있었다. 불현듯 물소리가 들렸다. 아이들이 모여 작은 목소리로 기도하는 듯한 소리였다. 낮 동안에는 듣지 못했었다. 비탈길을 내려오니 과연 눈앞에 작은 개천이 흐르고 있었다. 폭이 1미터 정도 될까. 비탈 사이 언덕에 가려져 있어 눈여겨보지 않으면 알 수 없었다. 그녀는 개천을 향해 다가갔다. 마침 산등성이 사이에서 태양이 떠오르기 시작했다. 순간 개천 표면이 반짝이며 요동쳤다. 그녀가 걸음을 옮길수록 안개가 잦아들며 개천이 더욱 선명하게 보였다. 아멘. 그녀는 걸음을 멈추고 눈을 감았다. 들고 있던 생수병을 비우고 제자리에서 무릎을 꿇었다. 허리를 숙여 개천에 흐르는 물속으로 병을 담갔다.

얘야, 이게 그 성수란다. 성스러운 예수님의 물이지. 귀국 후 그녀는 생수병을 유리병으로 바꾸고 보자기로 곱게 싸서 거실 책장 중앙에 보관했다.

"그건 그냥 개천 물이잖아. 어느 동네에나 있는 물을 어머니는 그렇게 애지중지하셨지."

10년 전 종강 모임에서 교수가 말했다. 테이블마다 맥주와 안주가 즐비했다. 학생들은 아직 확신할 수 없는 미래에 대한 희망과 학과에 대한 즉물적인 자부심으로 들떠 있었다. 그때 교수는 젊었고, 젊은 교수 특유의 유머 감각이 있었다.

"한번은 어머니가 눈병을 심하게 앓은 적이 있는데, 한사코 병원에 가기 싫다고 하시는 거야. 눈이 이렇게 부풀어 올랐는데도 말이지."

교수는 눈앞으로 주먹을 들어 올렸다. 맥주를 한 모금 마시고 테이블을 훑었다. 학생들은 교수의 다음 말을 기대하고 있었다.

조금만 지나면 낫는다. 기도하면 낫는다. 그녀는 믿음을 갖고 있었다. 하지만 눈병은 쉽게 낫지 않았다. 통증은 하루가 다르게 심해졌다. 어느 날 청소를 마친 그녀는 문득 책장에 세워진 성수를 쳐다봤다. 성수니까 가능하겠지. 그녀는 예루살렘 개천에서 떠온 물로 눈을 씻었다. 하루에 두 번씩 아침, 저녁으로. 눈이 뻑뻑하고 가려웠지만 성수니까, 그럴 수 있다고 생각했다. 비천하고 죄 많은 몸이 어찌 성수를 감당할 수 있을까.

눈에 고름이 차고 핏줄이 터졌다. 그녀는 진단명이라도 들어보자는 심정으로 병원을 찾았다. 의사는 정색하며 조금만 늦었으면 실명할 수도 있었다며 그녀를 꾸짖었다. 그녀는 아무 말 없이 처방전을 받아 들고 병원 문을 나섰다. 그래도 이렇게 늦지 않은 건 역시 하느님 덕분이라며 감사했다.

"어머니가 돌아가시고 난 뒤 일인데."

교수는 과음하는 듯했다. 얼굴이 불콰해지고 발음이 꼬였다. 그는 마음이 급해졌다. 아직 진짜 하고 싶은 말은 시작도 못했다. 술기운을 빌어 하고 싶지는 않았다. 소주가 거의 세 병째 비어 가고 있었다.

장례식을 마치고 일주일이 지났다. 평소 지병이 있던 분이라 준비할 시간은 충분했다. 병원 수속부터 장례까지 강의하던 대학병원에서 치를 수 있었다. 마음의 준비까지 마친 상태라 마지막 순간에는 슬프지도 않았다. 자신이 원래 이런 사람이었나. 교수는 의아했다.

아버지를 일찍 여읜 교수에게 가족은 이제 미국에 살고 있는 여동생뿐이었다. 대학 졸업 후 미국으로 건너간 여동생은 직장에서 만난 미국인과 결혼해 일찌감치 시민권자가 되었다. 통화할 때마다 놀러 오라는 얘기를 입버릇처럼 했다. 진심이 아니라 생각했지만 어느 날부터 통화 끝에 그 말을 듣지 못했다. 선물을 갖기도 전에 빼앗긴 심정이었다.

여동생은 혼자 입국했다. 남편과 아이들은 각자 중요한 프로젝트와 시험기간으로 스케줄 조정이 힘들다고 했다. 교수에게는 상관없는 일이었다.

어머니가 생전에 다니던 교회 교인들이 찾아와 낮은 목소리로 찬송가를 불렀다. 요단강 건너 다시 만난다는 내용이었다. 교수도 익히 들어 알고 있는 노래였다.

여러 가지 현실적인 일들을 처리하면서 교수의 마음도 점차 평정심을 되찾았다. 그리고 시간과 비용을 고려해 가장 효율적인 방법을 고민했다. 관의 재질과 크기부터 수의와 상복에 이르기까지 선택해야 할 것이 많았다. 분류는 가격에 따라 이뤄졌다. 장례 안내 책자를 앞에 두고 교수는 비로소 어떤 슬픔을 느꼈다. 눈물은 나지 않았다. 다만 가슴이 울렁이고 숨 쉬기가 힘들었다. 목덜미가 뜨거워지다가 순간 이마가 차가워졌다. 교수는 손바닥에 이마를 대고 고개를 숙였다. 안내 책자를 덮었다.

고민은 무의미했다. 마침 누군가 부르는 소리를 듣고 자리에서 일어났다.

교수는 모든 항목에서 대부분 평균 이하 물품을 선택했다. 생경하게 바라보는 친척들 시선을 느낄 때면 자신이 마치 유대 법정에 선 기분이었다.

장지에서 하관까지 모두 마치자 드디어 끝이었다. 학교 측 배려로 교수는 일주일 휴가를 받았다. 무료하게 시간을 보내기엔 너무 길고 어디를 다녀오기에는 너무 짧은 시간이었다. 그동안 여동생은 오랫동안 보지 못한 동창생들을 만나겠다고 했다. 혼자 괜찮겠어? 묻는 동생에게 교수는 흔쾌히 다녀오라는 말을 전했다.

늦은 저녁을 마친 뒤, 교수는 담배를 들고 아파트 후문으로 향했다. 봄바람이 밤공기를 흔들었다. 교수는 운동복에 슬리퍼 차림으로 아파트 놀이터를 지나고 있었다. 그때 손에 든 휴대전화에서 진동음이 울렸다. 이 시간에 누구지? 교수는 담배를 입에 물고 액정 화면을 확인했다. 위로와 안부 전화는 이제 지겨웠다. 어머니는 편하게 가셨고, 자신은 할 만큼 했다. 교수는 옅은 짜증과 체념을 동시에 느꼈다.

툭. 물고 있던 담배가 바닥으로 떨어졌다. 화면에는 정확히 '엄마'라는 글자가 찍혀 있었다. 엄마에게 전화가 왔다. 교수는 걸음을 멈추고 휴대전화를 들여다봤다. 이 시간에 엄마가 무슨 일일까? 혼자 계시기 적적해서 전화하셨나? 반찬 보냈다는 연락인가? 생각하다 화들짝 놀랐다. 그 와중에도 휴대전화는 손에서 계속 진동하고 있었다. 그리고 주르륵. 눈물이 흘렀다. 아무런 전조나 떨림도 없었다. 감정이 복받친 것도 아니었다. 하지만 눈물은 막힘없이 흘러 턱을 타고 내려왔다. 장례 안내 책자를 보며 느꼈던 슬픔과는 다른 감정이었다. 주위에는 아무도 없었다. 철저한 무신론자이며 교단에서는 근거에 바탕을 둔 논증을 즐겨 하던 그가 어이없게도 제일 먼저 한 생각은 '드디어 엄마와 통화를 할 수 있게 되었다'는 것이었다. 엄마 목소리를 한 번 더 들을 수 있다면 다른 건 아무 상관 없었다. 꿈이라 해도 좋았다. 교수는 황급히 얼굴을 문질러 눈물을 닦았다. 심호흡을 하고 간신히 수신 버튼을 눌렀다. 무슨 말을 할까? 어떻게 첫 말을 꺼낼까? 내가 엄마 목소리를 기억하고 있을까? 기억나지 않는다. 교수는 천천히 휴대전화를 귀에 가져다 댔다. 시간이 느리게 흘러, 한 번도 경험하지 못한 꿈처럼 느껴졌다.

그래서, 교수가 받은 전화는 뭡니까? 설마 진짜 엄마가 걸었던 건가요?

내가 말했다.

앞 차가 조금씩 움직이더니 어느새 정상 주행속도를 되찾았다. 액셀에 발을 올리며 창문을 닫았다. 이제 곧 홍제램프 구간을 지나게 된다. 구간단속 지점이었지만 정체된 시간을 고려하면 속력을 더 내도 상관없을 것이다. 나는 도로에서 버린 시간을 보충할 요량으로 액셀에 하중을 실었다. 구형 아반테 엔진 속에서 실린더가 힘겹게 돌아가기 시작했다.

오빠? 나야!

교수가 말을 채 꺼내기 전에 상대 목소리가 앞섰다. 목소리를 듣고 대번에 알아챘다. 교수는 휴대전화를 귀에서 떼어 내 확인한 뒤 다시 귀에 댔다.

네가 왜…… 이 번호를 쓰냐?

응, 귀국할 때까지만 엄마 핸드폰을 쓰기로 했어.

…… 그렇구나.

오빠 뭐 해? 밥은 먹었어?

저녁 먹고 잠깐 밖으로 나왔어. 괜찮아.

이참에 이거 갖고 갈까 봐. 생각해 보니 엄마 물건 중에 내가 갖고 있는 게 없더라. 오빠는 따로 챙겨 놓은 거 있어?

글쎄, 모르겠다. 넌 지금 어디야?

응, 여긴 강릉이야. 오랜만에 친구들 만나고 있어. 오빠 나 들어가 봐야 돼. 서울엔 모레쯤 갈 거야. 그때 봐. 오빠, 식사 제때 챙겨 먹어. 몸 잘 추스르고.

그래, 올라오면 연락해.

아, 맞다. 예전에 엄마가 예루살렘에서 받아 온 물을 담던 유리병 있잖아. 엄마가 성수라고 했던 물병. 오빠도 기억나지? 그 유리병 아직 집에 있어?

집에 있던가? 교수는 확신할 수 없었다. 버리진 않았을 텐데, 그렇다고 집에 있다는 기억도 없다.

집에 있을 거야. 왜?

그냥, 갑자기 생각이 났어. 잘 지내, 오빠.

교수는 통화 종료 버튼을 눌렀다.

바닥에 떨어진 담배를 주워 불을 붙인 뒤 깊게 한숨을 쉬었다. 당뇨에는 담배가 안 좋다는데. 하긴 담배에 좋은 점이 있던가. 교수는 두 모금 빨았던 담배를 바닥에 버리고 돌아섰다. 담뱃불이 줄어들자 봄밤은 더 깊어졌다.

그리고 교수님이 말했어요. 집으로 돌아와 보니 유리병을 찾을 수가 없었다고. 웃기죠. 그런 게 아직 남아 있을 리 없잖아요. 그런데 옷장에서 못 보던 옷을 발견했대요. 집에서 입는 추리닝 바지인데, 교수님이 입던 게 아니었던 거죠. 그러다 생각이 났대요. 엄마가 집에 올 때마다 입던 바지네. 가끔 들러서 반찬거리 만들고, 청소하고, 빨래 개면서 편하게 입으려고 집에서 가져온 바지였대요. 교수님은 추리닝 바지를 자기 허리에 대 보다가 입고 있던 바지를 벗고 엄마 바지를 입어 봤어요. 신기하죠.

남의 옷이 그렇게 잘 맞다니. 아무튼 교수님은 그렇게 엄마 바지를 입고 있다가 그대로 잠이 들었답니다.

택시에 교수를 먼저 태워 보내고 나자 여유가 생겼다. 그는 휴대전화를 꺼내 시간을 확인했다. 부탁하고자 했던 얘기는 꺼내지도 못했다. 스스로 생각해도 염치없는 짓이다. 10년 만에 찾아와 할 소리는 아니었다. 그래도 이번에 안면을 텄으니 앞으로 자주 연락하고 찾아뵈면 무슨 성과가 있지 않을까 싶었다. 그는 주머니에서 담배를 찾으며 교수가 했던 이야기를 떠올렸다. 불을 붙이고 길게 연기를 뱉었다.

그는 다시 학교 정문을 통과해 언덕길을 올랐다. 주차한 곳이 어딘지 몰라 잠시 걸음을 멈추고 기억을 떠올렸다. 새로 생긴 건물이 낯설게 보였다. 건물 그림자가 무겁게 내려앉았다. 그는 곧 휴대전화를 꺼내 대리운전 앱을 띄웠다. 지도 창에 자신이 있는 위치가 작은 점으로 표시되었다. 하지만 그는 자신이 어디에 있는지 알 수 없었다. 보이는 건 직선과 직선, 직선이 이루는 면적, 면적이 모인 덩어리뿐이었다. 2차원은 이렇게 단순하구나. 그는 손가락으로 화면을 스크롤하며 고민했다. 어쨌든 요즘은 AI가 좋아서 이런 것쯤은 쉽게 할 수 있겠지. 내 위치 정도는 금방 찾을 수 있을 거다. 곧 컴퓨터랑 대화하는 시대가 올지도 모르지. 뭐부터 물어볼까? 블루오션이 될 만한 사업을 물어볼까? 코인 정보를 알아볼까? 그런데 정말 성수라는 게 있을까? 인간은 정말 믿음으로 구원받을 수 있나? 그는 주머니에서 또 담배를 꺼내며 웃음을 흘렸다. 술이 부족한 건가? 너무 많이 마신 탓인지 모른다. 몇 시간 후면 출근이다. 그는 고민 없이 대리운전 호출 버튼을 눌렀다.

네 손을 위한 판타지아

장마가 지난 한여름 밤. 도로 양옆으로 웃자란 잡초가 긴 줄기를 내밀고 있다. 습기를 머금은 공기는 움직이기엔 무겁고, 숨쉬기엔 농밀하다. 도로를 따라 길고 투명한 젤리가 놓인 것 같다. 그때 아득히 먼 도로 가장자리로 라이트 불빛이 나타난다. 자동차가 차츰 다가온다. 지면이 미세하게 진동한다. 마침내 충격. 공기는 자동차 보닛에 박힌 삼각 별을 지나 차체를 훑고 지나간다. 길고 날렵하게 이어지는 보디라인. 마지막으로 차량 후면 스포일러를 지나 바닥으로 쏟아진다. 손안에서 스카프가 빠져나가듯 순식간이다. 잠시 후 자동차 면적만큼 밀려났던 공기는 바람이 된다. 꿈을 꾸는가. 식물이 흔들린다.

*

상암동에는 방송국이 많다. 그 방송국이 일감을 주는 외주 업체도 많다. 외주업체는 또 다른 업체에 하청을 준다. 그 사람들과 관계된 사람들도 많다. 방송은 사람들이 모여 만든다. 대중의 관심과 사랑을 받고 싶은 사람이 서로 경쟁한다. 남보다 더 뛰어난 무언가를 위해 외모와 재능과 말솜씨를 뽐내지만 주목받는 사람은 정해져 있다. 무대는 넓지만, 조명은 선택된 소수만이 받을 수 있다. 가운데 서지 않으면 모두 배경일 뿐이다.

상암동만큼 욕망이 들끓는 곳도 흔치 않다. 서로 다른 욕망이 한데 섞인다. 섞이면서 형체를 잃고, 또 다른 욕망을 만들어 낸다. 그런 욕망을 잠재우기 위해, 혹은 부추기기 위해 많은 음식점과 주점이 새벽까지 불을 밝힌다. 그 불빛을 향해 모여드는 대리기사도 많다.

흰색 벤츠 E클래스가 제2자유로를 달리고 있다. 상암동 출발, 일산 장항동 도착. 파주, 일산으로 향하는 교통량 대부분은 자유로에 몰려 있어 상대적으로 제2자유로는 한산하다. 도로는 텅 비어 있지만 곳곳에 속도제한 카메라와 구간단속 지점이 운행하는 차에게 일정한 속도를 강요한다. 덕분에 벤츠는 고요한 승차감을 최대로 발휘하고 있다. 깊은 밤. 어두운 도로를 달리는 벤츠는 심해를 고고하게 유영하는 백상아리처럼 보인다. 실내에는 얼마 전 화제가 된 노래 경연 대회 영상이 흐른다. 어눌한 발음으로 가요를 부르는 외국인 목소리가 오디오를 울린다.

이거 봐 봐. 얘가 노래를 기막히게 하잖아. 처음엔 흑인이라 별로 주목 못 받았는데, 이 프로로 확 뜬 거지. 얘가 그래도 평소에 노래 좀 했었거든. 그때 미리 잡아 둘걸 그랬어. 봐 봐, 이 부분, 바이브레이션 죽이지 않냐?

남자는 휴대전화 화면을 돌려 옆자리 여자에게 말한다. 룸미러 가운데로 두 사람의 머리가 한 번에 잡힌다.

잘하네. 잘해.

반응이 심드렁하다. 사실 여자는 남자에게 하고 싶은 말이 따로 있다. 창밖으로 시선을 돌리던 여자가 이내 남자에게 다시 바짝 다가앉는다.

오빠, 오빠도 이참에 괜찮은 프로 하나 만들어 봐. 그래도 명색이 PD인데, 평생 홈쇼핑 물건만 팔 순 없잖아. 내가 볼 때 오빠는 재능이 충분해. 그래도 이 바닥은 내가 오빠보다 선배다. 내 말 믿고 한번 해 봐.

네, 선배님. 잘 부탁드립니다.

쫌, 나 진지하다니까. 오빠는 항상 그러더라.

영상이 끝나자 순간 정적이 찾아왔다. 하지만 곧이어 낮은 타이어 주행음이 명상에 이르기 좋은 백색소음을 만든다.

참, 오빠. 어제 방송 봤어?

어떤 방송?

민지가 나왔던 거 있잖아.

아, 란제리 제품?

그래, 그거. 걔 완전 재수 없지?

그런가? 그거 완판 찍었잖아. 민지 걔가 쇼호스트치고 나름 럭셔리한 분위기도 있고, 살짝 지적으로 보이기도 하고. 괜찮은데 왜?

그게 괜찮아?

나쁘지 않은데?

걔, 나보다 두 살이나 많아.

그럼, 언니네.

언니는 무슨. 다 늙은 게 여우짓 하는 거 보면 짜증 나 죽겠어. 데뷔도 내가 먼저 했는데. 그거 알아? 걔, 이제 나한테 인사도 안 해. 어제 화장실 앞에서 딱 마주쳤는데, 그냥 스윽 지나가는 거 있지? 어떻게 이 바닥엔 기강 잡는 사람이 없어. 오빠가 어떻게 좀 해 줘.

그래? 어떻게 해 줄까? 이렇게 해 줄까?

아이, 하지 마. 간지러워. 기사님 운전하는 데 방해돼.

그럼, 이렇게?

하지 말라고. 진짜 간지럽다고.

선배님은 간지러운 거 좋아하시나 봐요.

오빠! 나 진지하다고! ……근데, 오빠.

텅 빈 무대에서 홀로 조명을 받아 본 사람은 안다. 피부 안으로 흐르는 모든 혈관이 확장되며 별처럼 감각이 반짝이는 순간, 내 말 한마디에 수많은 사람이 웃고, 울고, 공감한다. 내가 선택한 제품은 순식간에 완판된다. 사람들은 끊임없이 선택을 양보한다. 내 선택을 기다린다. 대신 골라 주기를 바란다. 보지 않아도 보인다. 말하지 않아도 말할 수 있다. 이런 게 셀럽의 삶이다. 하지만 누구나 그 자리에 오를 수는 없다. 기회는 한정적이고, 젊음과 시간은 잡을 수 없다. 이쯤 되면 겸손과 배려는 패배자의 구차한 변명이자 서글픈 자기합리화일지 모른다. 그러니 기다려야 한다. 평소에는 자기보다 먼저 주목받는 사람을 칭찬해 주며 겸손함을 내세우고, 소외된 사람을 챙겨주면서 자신의 배려심을 어필한다. 그러다 보면 어느 순간, 우연과 능력과 운이 극적으로 만나는 때가 올 것이다. 지금은 비록 후배에게 조롱받고, 선배에게 무시당하지만, 기다리자. 이 남자는 그때까지 필요하다. 연기가 필요하다면 얼마든지 꾸며낼 수 있다. 그리고 이 차 할부금은 아직 까마득하게 남았다. 여자는 그렇게 생각했다.

남자는 이제 40대 후반을 바라본다. 무언가를 새롭게 시작하기엔 늦은 감이 있고, 하던 일을 제대로 하지 못하면 금방이라도 자리에서 물러나야 할 위치다. 관리직이라 하기도 애매하고, 실무에 적합한 시기도 아니다. 이제 열정만으로 일을 대하지 않는다. 적당히 힘을 주고 빠질 때를 알아야 한다. 예전만큼 체력이 좋은 것도 아니다. 효율이 극대화된 방법이 최고다. 여러 가지 선택지 중에 하나를 결정하고, 실행할 인력을 선별하고 관리해 맡은 일을 깔끔하게 마무리하는 것이 최고의 덕목이다. 40대의 사회적 위치란 그런 것이다. 적당함과 깔끔함. 누가 봐도 불만이 없도록, 누구에게도 어울리도록, 모두에게 공평하도록. 그리고 결정적인 순간을 위해 라인을 잘 선택하고, 되도록 여러 라인에 발을 걸쳐 놓는다. 언제, 어떤 일이 벌어질지 모르는 일이다. 잘나가던 감독이 하루아침에 무너지는 경우를 수없이 봐 왔다. 누구에게도 척지는 일 없이 두루두루 인상 좋은 사람. 맹물 같은 사람이 된다. 거절은 되도록 상냥하게, 어쩔 수 없는 사정을 최대한 부풀리고, 자신도 무척 안타깝게 여기고 있다는 사실을 표정으로 어필한다. 내가 거절하는 게 아니라 상대가 스스로 포기하도록 한다. 이 여자도 그렇다. 아직도 자기가 잘나가던 시절 생각만 하고 있다. 외모나 몸매나 화술이나, 민지가 훨씬 낫다. 왜 그걸 인정하지 못하지? 멍청한 사람이 신념을 가지면 위험하고, 무능력한 사람이 열정을 가지면 피곤해지는 법이다. 이제 슬슬 정리할 때가 됐다. 적당히 놀다가 버리면 그만이다. 피치 못할 사정은 얼마든지 있다. 어떻게든 만들 수 있다. 어차피 무에서 유를 창조하는 것이 방송의 기본 아닌가. 기왕 만들어 낼 거면 자극적이고, 끝내주는 걸로 만들어 보자. 그나저나 민지 전번은 어떻게 따지? 언제 밥 한번 같이 먹어야 되는데. 남자는 생각을 마치고 여자 허벅지에 놓인 손을 좀 더 깊이 밀어 넣었다.

가요가 끝나고 피아노곡이 재생된다. 디스플레이 창으로 곡 정보가 지나간다. 슈베르트 「네 손을 위한 판타지아 F단조」. 이 곡을 연주하기 위해서는 두 사람이 필요하다. 두 사람이 함께 연주하도록 작곡되었다. 소리의 공백을 최대로 줄이며 음과 음이 서로 밀고 당긴다. 화음과 화음이 만나고 부딪친다.

이 노래 뭐야?

남자의 물음에는 당혹감과 짜증이 묻어 있다. 어울리지 않게 클래식이라니.

여자는 대답 대신 오디오 볼륨을 높인다. 여자는 자신이 왜 이 음악을 좋아하게 됐는지 알 수 없다. 언제였던가. 「밀애」라는 드라마를 보다가 자신도 모르게 빠져들게 된 저녁. 두 남녀가 함께 피아노 앞에 앉아 격정적으로 건반을 두드리는 모습이 잊히지 않았다. 이후 때때로 멍하니 그 장면을 떠올리게 되었다. 방송 준비하다 대본을 떨어뜨렸을 때, 모두 떠난 세트장을 가로

질러 걸어갈 때, 젊은 후배의 아름다움을 순수하게 감탄하다가 자신의 마음이 다른 방향으로 움직이는 걸 느꼈다. 특별해지고 싶었다. 그 전에는 스스로 특별하다고 생각했었다. 적어도 남들과 무언가 다른 점이 있다고 믿었다. 누구나 그러지 않을까. 대체할 수 없는 자신만의 무언가가 있다고 생각했다. 남들이 보지 못하는 것을 보고, 모두 알고 있는 것에 숨겨진 진실 같은 것을 발견하는 능력이 있다고 믿었다. 이제 그런 건 관심 없다. 아무도 몰라주더라도 상관없다.

어두운 실내에 앰비언트 라이트는 보라색에서 파란색을 거쳐 점점 다양한 채도로 변해 간다. 차량 내부는 앰비언트가 만드는 그러데이션을 따라 분위기가 바뀐다. 벤츠 E클래스 부메스터 오디오에 달린 무수한 스피커 구멍으로 물조리개처럼 음악이 쏟아진다.

구간단속 지점을 지나자 자동차는 속력을 높인다. 유리창으로 스치는 풍경이 음악을 위해 존재하는 것 같다. 어쩌면 음악이 풍경을 지휘하는 듯 보인다. 느리고 빠른 것들. 시야에서 사라지는 것과 새롭게 다가오는 것들.

여자는 오디오 볼륨을 최대로 높이며 그 속으로 자신의 몸이 차츰 사라지는 걸 느낀다.

조명이 켜진다.

무대 위 피아노 한 대. 그 앞에 두 개의 의자가 놓여 있다.

피아노는 잘 닦은 바둑돌처럼 보인다. 의자는 연주자를 기다린다. 잠시 뒤 무대 왼편에서 남자와 여자가 등장한다. 남자는 가슴팍에 붉은 코르사주를 달고 연미복 안에 흰 셔츠를 받쳐 입었다. 여자는 붉은색 이브닝 드레스를 입고 한 손에 은색 파우치를 들고 있다. 팔짱을 낀 두 사람은 연인처럼 보인다. 적어도 오랜 시간 함께 일해 온 동료인지 모른다. 연주에 앞서 숨을 고르는 모습에서 적당한 긴장과 신뢰가 묻어난다.

남자가 먼저 한 음을 짚으며 시작하자 곧이어 여자도 손을 들어 건반 위에 안착시킨다. 연주가 진행될수록 두 사람의 몸은 서로 가까워지기도 하고 멀어지기도 한다. 네 개의 손은 쉴 새 없이 건반 위를 왕복한다. 어느 순간 남자의 손이 여자의 손을 넘어 안쪽까지 이어진다. 여자의 손도 마찬가지. 손을 거둬들이며 서로의 손가락이 교차되면서 스친다.

연주가 끝나자 남자가 눈을 뜨고 여자를 바라본다. 여자는 아직 잠에 빠져 있다.

그대의 영혼은 선택된 하나의 풍경

부력의 도움으로 떠오르는 얼굴. 나는 물컹한 어둠 한 덩이를 뭉쳐 벽을 향해 던진다. 암순응. 나는 그 깊은 해저로 내려가는 중이다. 그 얼굴이 눈앞에 드러난다. 내려앉은 눈꺼풀, 옅은 숨을 내뱉는 입술, 작은 소리에도 깨어질 것 같은 표정. 귀밑머리 한 가닥이 볼을 타고 내려와 있다. 그 곡선의 끝은 내가 닿고 있는 나락을 암시하는 것 같다. 나는 상상의 손을 뻗어 그 머리 한 가닥을 따라간다. 시간이 부리는 가혹하고 날카로운 초침은 가차 없이 미련을 뱉어 낸다.

옅은 비 내리는가. 창밖은 온통 부옇다. 캡슐에 담긴 분말처럼 고요한 밤이다.

*

    새벽 1시. 송파구 올림픽공원 맞은편 주택가 골목. 횡단보도 앞에서 전화를 걸었다. 인이어를 통해 단속적인 발신음이 일정한 간격으로 이어졌다. 상대는 전화를 받지 않았다. 잠시 후 고객과 연결이 되지 않는다는 안내 멘트가 나왔다. 불안하다. 한동안 리스트에 떠 있던 콜이다. 아무도 잡지 않았다는 뜻이다. 그사이 다른 기사와 먼저 출발했을지도 모른다. 혹은 기다리다 지친 고객이 콜을 취소했는데, 사무실 직원이 미처 콜창에 반영하지 못했을 수도 있다. 애써 이동했는데 정작 출발지에 고객이 없는 경우가 있다. 몇 번의 경험을 통해 나는 콜을 잡으면 먼저 전화를 걸어 고객 위치를 확인한다. 통화의 목적은 상대에게 내가 당신의 차를 운전할 사람이라는 걸 알리고, 동시에 당신에게 출발 의사가 있음을 분명히 확인하는 것이다. 비록 짧은 통화지만 그 과정을 통해 얻을 수 있는 정보도 있다. 목소리와 말투를 듣고 술에 취한 정도를 파악하고, 성격이 급한지 여부를 가늠해 본다. 그리고 무엇보다 현재 상태를 짐작할 수 있다. 운전만큼 상대에 대한 파악도 중요하다. 나는 그 사람과 일정 시간 동안 한 공간에 갇혀 있기 때문이다.

    올림픽공원을 가로질러 뛰어오느라 숨이 찼다. 들숨과 날숨의 비중이 불규칙하다. 오랫동안 숨을 뱉으며 폐에 공간을 확보

했다. 눈앞에서 붉은 신호등이 맥박처럼 점멸하고 있었다. 나는 쉽사리 발을 떼지 못했다. 8차선 도로에는 차가 보이지 않았다. 넓게 펼쳐진 갯벌을 보는 듯했다. 이마에 물방울이 떨어졌다. 손바닥을 들어 비를 확인했다. 아직은 괜찮다. 신호가 바뀌자 횡단보도에 파란빛이 깔렸다. 나는 그 안으로 걸어 들어갔다.

낮은 건물 사이로 골목이 이어졌다. GPS가 없었다면 찾기 힘들었을 것이다. 휴대전화 액정창에 고객 위치는 붉은 점으로 고정되어 있다. 움직이지 않는다. 그곳을 향해 나는 파란 점이 되어 조금씩 이동한다. 편의점을 기점으로 좌회전, 좁은 골목 안으로 들어섰다. 앞으로 골목이 더 이어진다. 다시 전화를 걸었을 때 나른한 목소리의 여자가 전화를 받았다.

여보세요.

안녕하세요. 대리기사입니다. 곧 도착합니다.

네. 안쪽 골목으로 들어와 주세요.

2분 정도 걸립니다.

네. 감사합니다.

감사합니다.

여자는 많이 취한 것 같지는 않았다. 목소리는 가라앉아 있었지만, 발음은 정확했다. 말투도 자연스러웠다. 콜을 신청하고 오래 기다렸을 텐데, 짜증도 없었다. 출발지에 도착해 다시 전화를 걸었다.

너는 전화를 받으며 운전석에서 내렸다. 단번에 알아볼 수 있었다. 생각해 보면 벌써 20년도 더 지났지만, 나는 알아볼 수 있었다. 순간 물속인 듯 모든 것이 느리게 움직였다. 동공이 확장되며 주위 모습이 순차적으로 튀어 올라 흡수되었다. 나는 움직일 수 없었다. 등 뒤로 한 공간이 열리며 수많은 기억이 과거로 빨려 들어갔다.

차는 영업이 끝난 가게 앞에 있었다. 문 앞에 붙어 있는 'close' 팻말. 커튼 뒤로 손님 몇이 앉아 있었다. 천장에서 이어진 전등갓 아래로 담배 연기가 피어올랐다. 카드 게임 하는 사람들이 심각한 표정으로 손안에 쥔 패를 내려다보고 있었다. 한쪽 테이블에는 파랗고 하얀 술병이 무수히 세워져 있다. 곧이어 누군가 짧게 고함을 질렀고 주위에서 부러움이 섞인 야유가 한꺼번에 터져 나왔다. 그 소리에 너는 가게 안쪽을 향해 고개를 돌렸다. 다시 카드를 섞는 사람, 자리에서 일어나 화장실로 향하는 사람, 냉장고에서 술병을 꺼내 드는 사람, 술잔을 비우며 찡그리는 사람, 그중에 담배에 불을 붙이던 여자가 너를 향해 손을 들었다. 입 모양으로 무언가 전달했다. 잘 가.

영업이 끝난 가게임에도 어닝 아래 조명이 밝았다. 그 불빛에 네 모습이 드러났다. 너는 얼굴에 살집이 붙었고 체격이 좀 커진 듯했다. 남색 원피스에 굽이 낮은 단화를 신고 있었다. 너는 예전과 달라졌지만, 나는 알 수 있었다. 운전석에서 내린 너는 뒷자리로 옮겨 탔다. 스칠 때 옅은 담배 냄새가 났다. 운전석 문을 열자 뒷자리에 유아용 카시트가 보였다. 마스크 안으로 더운 숨이 차올랐다. 시동을 걸자 라이트가 켜지고 좁은 골목길 사이로 무언가 지나갔다. 고양이일지 모른다. 나는 천천히 차를 출발시켰다.

우리는 올림픽대로를 통해 잠실대교를 지나 강변북로로 접어들었다.

네 목적지는 북가좌동이었다.

자정이 넘은 시간. 도로는 한적하다. 충분히 속도를 낼 수 있다. 나는 1차선으로 접어들었다. 간간이 과속단속카메라가 있다는 신호가 내비에서 들렸다. 나는 비어 있는 도로를 속도로 가득 채웠다. 많은 차를 추월했다.

우리는 대학생 때 만났다. 그때 나는 기다리기 싫어했고, 항상 조급했다. 끊임없이 네 마음을 확인하고 싶었다. 사랑의 표현이 희생이라면, 희생을 통해 사랑의 크기를 측정할 수 있다고 믿었다. 나는 언제나 희생할 순간을 기다리고 있던 셈이다. 인정받았을 때 기쁨과 그렇지 못했을 때 실망을 숨김없이 내비쳤다. 그것은 짓궂은 이들이 낙서하기 좋은 빈 종이 같았다. 사람들은 그 종이로 비행기를 접었다. 확인되지 않은 내용과 그럴듯한 추측, 무책임한 가정이 담긴 종이비행기는 언제나 내 뒤에서 날아다녔다. 바닥에 떨어진 종이비행기를 펼쳐보며 나는 자주 우울했고 때로 분노로 가득 찼지만, 대부분 그 의미를 알지 못했다. 우리는 곧 헤어졌고, 나는 입영통지서를 받았다. 혹은 내가 군대 가면서 우리는 자연스레 헤어지게 되었다. 기억은 혼동되기 마련이다. 그것은 내가 잃어버린 기억이고, 내 관심 밖에서 그것은 제멋대로 조립되곤 했다.

내가 복학했을 때 너는 몇 번의 휴학을 거쳐 아직 재학 중이었다. 단과대가 달라 마주칠 일은 없었지만, 멀리서 네 모습을 봤을 때 나는 두려웠다. 내 안에서 너는 달라져 있었다. 그건 너 역시 마찬가지일 테지. 정말 그럴까? 나는 확인하고 싶지 않았다.

5월 어느 날 나는 도서관 앞에서 너와 마주쳤다. 왜 그랬을까? 너는 먼저 웃으며 내게 손을 흔들었다. 중앙 광장에는 축제 준비를 위한 천막이 세워지고, 테이블마다 막걸리가 가득했다. 앰프를 통해 울리는 나른한 노랫소리가 광장을 더 크게 만들었다. 나는 저항할 수 없었다.

우리는 몇 번의 술자리를 거쳐 다시 자연스럽게 친해졌다. 막 제대한 나는 무엇이든 할 수 있을 것 같았다. 그때 너는 누군가와 만나고 있었다. 상대는 이미 졸업한 선배로 학부 시절부터 나와 친한 사이였다. 어느 날 그 선배에게 연락이 왔다. 네 거취를 묻는 전화였다. 어제부터 연락이 안 된다고 했다. 나는 선배의 연락이 반가웠다. 하지만 네가 어디에 있는지 모른다고 했다. 우리는 간단한 안부를 교환하고, 한번 보자는 의미 없는 약속을 끝으로 통화를 마쳤다. 그때 너는 양손에 맥주를 들고 내게 걸어오고 있었다.

뒷자리에서 코 고는 소리가 낮게 들린다. 나는 차선을 옮겨 페달에서 발을 뗀다. 속도가 줄어들며 네 숨소리가 더 또렷이 들린다. 너는 일정하게 숨을 들이쉬고, 힘들게 내쉰다. 달큰한 술 냄새가 차 안에 퍼진다. 창밖으로 많은 생각이 스쳐 간다. 그보다 많은 불빛이 강 건너에서 빛난다. 한강은 검게 흐르고, 높은 빌딩 불빛이 그 위에 닿아 있다.

한차례 분기점을 놓치자 내비는 경로 이탈을 알리고 새로운 길을 안내한다. 예상 시간이 5분 늘어났다. 나는 여전히 결정하지 못한다. 도로 위 작은 요철을 지나친 걸까. 대시보드에 놓인 인형이 고개를 끄덕인다.

너는 평소에 길고 커다란 빨대를 들고 다녔다. 전용 빨대라고 했다. 그걸로 물을 마시고, 맥주를 마셨다. 그때가 언제였던가? 흰색 파라솔 아래 볕이 따스했던 기억이 난다. 우리는 젊었지만, 그때는 젊다는 게 어떤 건지 몰랐다. 세세한 부분은 기억나지 않는다. 단지 너의 은색 빨대가 유리잔에 부딪쳐 내는 소리가 희미해져 가는 의식에 경고를 날린다.

어딜 보고 있는 거야?

너는 탁, 탁 손가락을 튕기며 말한다.

집중해.

너의 손가락에선 맑고 딱 부러지는 소리가 났다. 순식간에 이목을 집중시킨다. 따라 하고 싶었지만 내가 하면 마른 살이 세게 비벼지는 소리가 날 뿐이었다. 연습이 아니라 요령 문제라고 했다. 하지만 연습하다 보면 요령도 생긴다. 결국 같은 말 아닌가. 너는 교양 과목으로 신청한 '고전음악의 이해' 수업 준비를 하고 있다.

발표수업이야. 연습할 테니 한번 들어 봐.

너는 목을 가다듬고 준비한 원고를 읽기 시작한다.

프랑스 인상주의를 대표하는 작곡가 '드뷔시'는 피아노라는 악기가 가진 고유의 울림을 가장 새롭게 창조한 작곡가로 평가받고 있습니다. 그의 대표곡 중 하나인 「달빛」은 이탈리아 베르가모 지방 풍경과 그곳의 가면 축제에 영감을 받아 작곡되었습니다. 아울러 이 축제는 프랑스 상징주의 시인 폴 베를렌이 '달빛'이라는 제목으로 발표하면서 드뷔시에게 영향을 미쳤다고 전해집니다. 베를렌의 시는 화려한 삶 뒤에 감춰진 우수를 암시적인 운율과 뉘앙스로 표현하여 드뷔시에게 큰 영감을 주었습니다.

「달빛」이란 곡 들어 봤어?

내가 물었다.

너는 잔을 들어 빨대에 입술을 가져다 댄다. 볼이 움푹 팬다.

같은 달을 소재로 만든 작품이지만, 베토벤의 「월광」은 첫 소절부터 사람을 착 가라앉게 하는 곡이잖아. 곧게 솟은 편백나무 숲 사이로 작은 길이 보이고, 달빛이 이끄는 대로 걸어가는 동안 주위는 고요해서 자기 숨소리마저 생소하게 들리는 기분이지. 그런데 드뷔시의 「달빛」은 뭔가 좀 달라. 달빛 그대로의 모습을 음악으로 형상화한 거 같아.

말을 마친 너는 다시 읽기 시작한다.

이처럼 「달빛」은 인상주의 음악 특징을 가장 잘 나타내는 곡으로 인간 내면의 미묘한 움직임과 시적 환상에 집중합니다. 출렁거리는 달빛의 불명확하고 몽환적인 상태를 통해 달빛이 비추는 밤 풍경을 서정적으로 표현합니다.

그러니까 드뷔시의 곡 「달빛」은 베를렌의 「달빛」이란 시에서 영감을 받았다는 말이구나.

내가 물었다.

너는 컵에 꽂힌 빨대를 돌리며 잠시 생각한다.

이번에 수업 준비를 하며 베를렌의 「달빛」을 같이 읽어 봤어. 나는 '시'는 잘 모르지만, 드뷔시와 베를렌이 바라보던 달은 어떤 모습이었을까? 방금 전까지 함께 웃고 떠들던 사람들이 하나둘 돌아가고, 어지럽게 흩어진 술잔 위로 은은하게 빛이 내려앉는 모습 같은 건가.

그리고 너는 베를렌의 시를 보여 줬다.

> 그대의 영혼은 선택된 하나의 풍경
> 그 안에 가면과 베르가마스크가 매력적으로 보이네.
> 류트를 연주하고 춤을 추며
> 환상적인 분장 아래 슬픈 듯이
> 위풍당당한 사랑과 절정을 맞은 인생을
> 단조로 노래하면서도
> 그들은 그들의 행복을 믿지 않는 것 같고
> 이윽고 노래는 달빛에 섞이네.

아니다. 베를렌의 시는 내가 나중에 찾아 읽은 것이다. 나는 '그대의 영혼은 선택된 하나의 풍경'이라는 구절을 노트에 옮겨 적었다. 드뷔시의 「달빛」은 아름답지만 아름다움 끝에는 아무것도 없다는 암시를 남긴다. 철 지난 휴양지 해변처럼 인기척이 느껴지지 않았다. 파도 소리와 함께 모래성은 조금씩, 그리고 확실하게 사라지고, 모래밭을 뒤적이면 어김없이 누군가 잃어버린 시계와 신발을 찾을 수 있다. 베를렌이 바라보던 달빛은 드뷔시가 바라보던 달빛과 다른 것이었을까. 두 개의 달빛은 지금과 다른 것일까. 나는 고개를 들어 보았다.

창문 좀 열어 줄래?

어느새 차 안에 습기가 가득하다. 나는 창문 잠금장치를 풀고 뒷좌석 창문을 연다. 룸미러를 통해 네 머리카락이 흩날리는 걸 본다. 네 표정은 무언가를 두고 온 것 같다. 원래 네 것이었지만 다시 가져올 수 없는 것을 원치 않는 곳에 두고 온 사람처럼 보인다. 그 표정을 알고 있다. 나도 자주 그 표정을 짓는다. 환기의 기분이다.

왜 그 콜을 안 잡은 거야?

어떤 콜?

아까 망설이다 놓친 콜.

아, 그래.

안 잡은 거야? 못 잡은 거야?

그러게. 그걸 잡으면 그래도 집 근처까지 갈 수 있었지.

알면서 그랬어?

그냥 그랬어. 그 가격에 그 콜을 잡을 순 없지. 너무하잖아.

그래서 잡은 게 이거야?

덕분에 잘됐지 뭐.

피곤했던 거야?

그럴지도 몰라. 아무리 해도 익숙해지지 않는 일이 있잖아.

네가 운전을 좋아하는지 몰랐어.

나도 몰랐어.

병원에선 뭐래?

폐소공포증이라는데, 심각한 정도는 아니래. 그런데 받아온 약이 너무 많아. 약기운이 센지 먹을 때마다 졸려.

오늘은?

일할 때는 안 먹어. 못 먹지.

그럼 어떡해?

자주 있는 일도 아니야. 의사 말대로 가벼운 증상이라니까. 벌써 며칠째 아무렇지 않아.

운전하는 게 힘들진 않아?

사람이 힘들지.

그렇지.

오늘 무슨 모임이었어?

아는 언니가 가게 오픈한다고 해서 잠깐 들른 거야. 자꾸 붙잡는 걸 겨우 빠져나왔어. 요새 누가 실내에서 담배를 피우니. 이거 봐, 옷에 냄새가 다 뱄어.

사람이 힘들지.

사람이 힘들지.

새벽에 강변 달리니 기분 좋다.

이 시간이면 달릴 맛 나지.

넌 이 길 자주 다녔겠다.

그래도 매번 느낌이 달라.

어떤 식으로?

일 마치고 집에 돌아오면 모니터에 지도 앱을 실행시켜 그날 내가 다녔던 길들을 떠올려 보곤 해. 인천에서 성남을 거쳐 남양주를 지나 의정부까지 수많은 간선도로와 고속도로들. 지도로 보는 그 길들은 너무 하찮아 보여. 작은 선들일 뿐이잖아. 고작 이 선들을 채우기 위해 내 시간을 소비했나 하는 생각이 들어. 어차피 내일이면 모두 잊히는 일이야. 내가 이 길 위에 있었던 시간이나, 그 사람들이 나와 있던 시간이나. 내가 보는 건 모두 허상이야.

창문을 올린다. 창문이 바람을 끊자 나는 다시 운전에 집중한다. 이제 곧 분기점이다. 나는 급하게 강변북로에서 벗어난다. 어김없이 뒤에서 경적이 울린다.

북가좌삼거리를 지나 우리는 다세대 빌라 골목으로 접어들었다. 차츰 속도를 줄였다. 액셀에서 발을 떼고 차량을 탄력주행으로 이끌었다. 알피엠이 낮아지자 차는 조금씩 가라앉는 느낌이었다. 건널목 신호에 맞춰 정차했다.

도착했습니다.

목적지가 가까워질 때쯤 나는 너를 깨웠다. 이윽고 낮은 신음 소리가 나더니 네가 힘겹게 입을 열었다.

저 앞 골목에서 좌회전이요.

나는 좁은 골목길 앞에서 두 번 꺾어 회전했다. 장애물이 많았다. 가로등 없는 길이었다. 어둠 속에서 무언가 튀어나올 것 같았다. 차라리 무언가 튀어나오길 바랐다. 핸들을 돌릴 때마다 라이트 불빛이 골목 담장을 훑으며 지나갔다. 담장은 미로처럼 계속되었다.

여기서 우회전이요.

네가 나지막이 말했다.

낮게 가라앉은, 목에 무언가 걸린 목소리. 내가 기억하는 목소리와 달랐다.

비탈길에 접어들어 차는 뒤로 크게 기울었다. 경사가 높았다. 자연스레 등이 운전석에 밀착되었다. 차가웠다. 막다른 길이었다. 우리는 도로 끝 빌라 주차장에 닿았다.

저기 빈자리에 넣어 주세요.

나는 창문을 열어 공간을 확인했다. 앞으로 조금 더 전진한 다음 후진으로 차를 진입시켰다. 후방카메라가 없어 사이드미러를 통해 거리를 조정했다. 주차장은 어두웠다. 핸들을 돌릴 때마다 사이드미러에 작은 자전거, 낡은 가구, 깨진 화분 들이 지나갔다. 후방 센서가 날카롭게 울렸다. 나는 어떤 것에도 부딪쳐서는 안 된다. 사물이든 감정이든. 이마에 땀이 맺히고, 다시 등이 차가워졌다. 주차 스토퍼에 뒷바퀴가 닿는 걸 확인한 다음 시동을 껐다. 공간이 좁아 생각보다 주차하는 데 시간이 오래 걸렸다.

도착했습니다.

정적.

너는 내리지 않았다.

도착했습니다.

나는 한 번 더 말했다.

너는 대답하지 않았다.

룸미러를 통해 네 얼굴을 확인했다. 너는 카시트에 이마를 대고 살짝 입을 벌리고 있다. 흘러내린 머리카락이 얼굴 반을 덮고 있다. 나는 고개를 돌린다. 거울에 비친 너는 다른 사람 같다. 정말 다른 사람인지 모른다. 일하다 보면 많은 사람을 만난다. 비슷한 사람도 있고, 닮은 사람도 있다. 아는 사람이었다가 알 수도 있는 사람. 그 모두를 마음에 담아 둘 수는 없다. 요금은 자동결제된다. 대리비를 받기 위해 손님을 깨울 필요는 없다. 나는 창문을 조금 열어 놓는다. 운전석에서 내려 조심스레 문을 닫았다.

올라온 골목을 다시 걸어 내려간다. 걸음을 떼는 순간 몸의 중심이 앞으로 쏟아진다. 고개를 든다. 구름을 벗어난 달이 바닥에 떨어진 은화처럼 환하게 빛나고 있다. 담장을 따라 지붕

낮은 집들이 이어진다. 불 꺼진 집들은 무언의 목격자처럼 보인다. 그들은 무엇을 봤을까. 올라올 때보다 비탈길은 더 가파르다. 골목은 더 좁아진다. 오르막길과 내리막길이 이어진다. 어둠 속에서 보면 모든 실루엣이 비슷해 보인다. 이 길을 어떻게 올라왔는지 알 수 없다. 같은 길을 맴돌고 있는 기분이다. 어쩌면 나는 이 골목에 갇힌 건지도 모른다.

제7의 봉인

거리에서 나는 가능성의 행렬을 무연히 지켜보고 있다. 가로등은 미약하고, 어둠은 압도적이다. 사람들은 스쳐 가고, 나는 서 있다. 주머니에 한 손을 넣고 움직이지 않는다. 오랫동안 그러고 있으면 마치 내가 이 자세를 지키고 있는 것만 같다. 나는 열망과 체념을 동시에 관조한다.

*

신촌 세브란스병원에서 판교동 콜이 떴다. 나는 버스를 타고 이동 중이었다. 프리미엄 가격이었다. 콜창을 내렸다. 버스에서 잡는 콜은 조심해야 한다. 하차 벨이 울리고 누군가 급하게 뒷문으로 내린다. 판교동 콜이 다시 떴다. 더 높은 가격이다. 지도 앱을 켜고 위치를 확인한다. 버스가 출발한다. 마음은 급해지는데 '수락' 버튼 위에 놓인 손가락이 쉽게 움직이지 않는다. 더 높은 가격으로 다시 뜬다. 누군지 몰라도 정말 급한 일이 있는 모양이다.

콜을 잡을 수 있는 위치, 콜을 수락하고 고객이 있는 곳까지 갈 수 있는 거리는 보통 1킬로미터다. 보통 고객이 콜을 요청하면 그 지점을 중심으로 반경 1킬로미터 안 기사에게 먼저 콜창이 오픈된다. 수락하는 기사가 없으면 요청 범위는 차츰 더 넓어진다. 버스로 이동 중 잡는 콜이 위험한 이유도 여기에 있다. 거리가 가깝더라도 콜 요청 지점이 버스 이동 방향과 반대라면 나는 점점 멀어지게 된다. 정류장 위치는 일정하지 않다. 정류장 간격은 인구밀도가 높은 지역에는 좁지만 반대인 경우도 많다. 그래서 버스에 있을 때는 앱을 통해 버스 이동 방향을 항상 눈여겨보고 있어야 한다. 버스는 연희교차로를 지나 연남동으로 접어들고 있었다. 늦으면 더 멀어진다. 나는 콜 수락 버튼과 함께 하차 벨을 눌렀다.

운전석을 열었을 때, 차 안에서 소독약 냄새가 났다. 마스크를 끼고 있어도 맡을 수 있을 정도다. 시동 버튼을 누르고 기어를 드라이브로 옮길 때 뒷좌석에 앉은 남자가 말한다.

기사님.

목소리가 낮고 떨린다.

제가 술 마신 건 아닙니다. 운전하기 피곤해서 그러니 천천히 가 주세요.

실내등이 없어 얼굴은 보이지 않는다. 조수석으로 고개를 돌린다. 약 봉투와 마스크가 보인다. 남자는 연신 기침을 한다. 나는 차단기를 통과해 대로로 합류한다.

남산 1호 터널을 내려온 차는 고가도로를 지나 한남대교를 넘는다. 곧이어 경부고속도로로 접어든다. 센터페시아에 박힌 아날로그 시곗바늘이 9시를 가리킨다. 9시부터 경부선에서 버스전용차선을 이용할 수 있다. 2차선에서 달리던 차들이 바람에 쓰러지는 갈대처럼 차례차례 버스전용차로로 넘어온다.

차가 막힌다. 하지만 저 차 앞에 무엇이 있는지 모른다. 알 수 없다는 것은 무엇인가. 거기 무언가 있는데 그것의 정체를 모른다는 건가, 거기 무엇이 있다는 사실을 모른다는 건가. 앞서 길게 늘어선 차들의 미등이 붉게 타오른다. 아직 더 태울 것이 있다는 듯이.

뒷좌석에서 벨 소리가 울린다.

그래. 보고는 잘 끝났나? 잘했어. 나? 거래처 미팅이 있어서 다녀오는 길이야. 그래. 마무리 잘하고. 부탁해.

응. 나야. 애들은? 저녁은 뭐 먹었어? 오늘 회사에 급한 일이 있어서 미처 생각을 못 했어. 나? 직원들이랑 먹었어. 그래. 걱정 마. 이제 출발했어. 금방 도착할 거야.

여보세요? 전에 부탁했던 거 있잖아. 알아봤어? 얼마래? 기간은? 내가 운전을 못 하니까 대신 운전해 줄 사람도 필요해. 그래. 알았어. 일단 알아봐 줘.

여러 번 통화를 마친 남자는 또 한 번 기침을 한다. 나는 속도를 줄이며 룸미러를 확인한다. 남자와 눈이 마주친다.

감기 아닙니다. 걱정하지 마세요. 몸이 좀 안 좋아서 그럽니다.

남자가 몸을 일으키더니 조수석으로 손을 뻗는다. 약 봉투와 생수병을 집어 든다.

인이어를 통해 내비 음성이 판교IC로 방향을 안내한다. 나는 방향지시등을 켜고 고속도로 끝 차선으로 차를 움직인다. 판교로 빠지는 차들이 같이 움직인다.

판교톨게이트를 통과하자 고속도로 요금 안내 멘트가 나왔다. 나는 속도를 줄였다. 병원 냄새는 소독약 냄새와 다르다. 한 번 공기 중에 노출된 소독약은 인간의 체취와 섞여 독특한 냄새를 만든다. 병원에 대한 감정은 양가적이다. 병을 치료하는 곳은 동시에 병을 키우는 곳이기도 하니까. 이런 아이러니를 이해할 수 있을까. 하지만 지금은 아니다.

맞은편 언덕을 넘어오는 차들의 불빛이 날카롭다. 별이 별을 스치듯, 빛이 망막에 잔상을 남기고 사라진다.

영화는 십자군 원정을 마치고 고향으로 돌아가는 기사에게 사신(死神)이 찾아오는 것으로 시작합니다. 아직 죽음을 받아들이기 어려웠던 기사는 사신에게 체스 게임을 제안하고, 게임이 진행되는 동안 자신의 죽음을 유예해 줄 것을 요구합니다. 사신은 그 제안을 흔쾌히 받아들이죠.

기사는 남은 시간 동안 신이 존재하는지, 삶의 의미가 무엇인지, 그리고 죽음이 무엇인지를 알고 싶어 합니다. 하지만 어디에서도 대답은 찾을 수 없었습니다. 당시 마을에서는 흑사병으로 인해 수많은 사람이 죽음에 직면해 있었고, 이를 신의 저주라고 생각한 사람들은 서로를 매질하며 신에게 용서를 구하고자 했습니다. 마녀사냥이라는 광기가 마을 전체를 휩쓸고 있었습니다. 기사는 신의 모습을 보기 위해서 교회를 찾지만, 그에게 돌아오는 것은 침묵뿐이었습니다. 결국 기사는 신의 응답을 받지 못한 채 사신과 마지막 체스를 둡니다. 그리고 사신은 체크 메이트를 부릅니다.

인간의 생명이 제한적인 것만큼 명백한 사실은 없지요. 만약 인간이 영원히 산다면 삶의 의미 같은 건 묻지 않을 겁니다. 이렇게 죽음과 철학은 밀접하게 연결되어 있습니다. 수많은 철학자가 죽음이 무엇인지 이야기했고, 또 죽음을 어떻게 받아들여야 하는지 직접 보여 주었습니다.

오늘 소개한 영화는 잉마르 베리만의 1957년도 작품 「제7의 봉인」입니다. 죽음은 많은 문화에서 터부시되던 주제였지요. 하지만 죽음에 대해 생각하고, 죽음을 얘기함으로써 오히려 우리 삶의 숨겨진 가치를 일깨울 수 있지 않을까요? 여러분의 오늘 하루는 어떠셨나요? 반복되는 일상에서 자신만의 의미를 찾으셨나요? 혹은 아직 찾고 계신가요?

지금까지 클래식 FM 「음악의 날개 위에」, 저는 신혜선이었습니다. 편안한 밤 되십시오.

그는 아직 포기하고 싶지 않았다. 오진 가능성은 언제나 있다. 의사도 사람이고 사람은 실수할 수 있다. 혹시나 하는 마음에 유명하다는 병원을 몇 군데 더 찾았다. 담당 의사는 매번 바뀌었지만 결과는 달라지지 않았다. 이번이 마지막이라고 생각한 병원이었다.

회사에서 제공하는 종합검진 결과 대장 쪽에 종양으로 의심되는 조직이 관찰되었다. 정밀검사가 필요하다는 통보를 받았다. 그는 곧 승진을 앞두고 있다. 시간이 없다. 만년 부장 타이틀을 떼고 싶었다. 이번이 최적의 기회였다. 프로젝트 기획안에 최종 승인이 떨어지고 때마침 환율 흐름이 좋아졌다. 회사는 이제 안정적인 국면에서 벗어나 좀 더 공격적인 루트를 모색 중이었다. 그의 기획안은 회장의 의중을 정확히 꿰뚫었다.

김 부장, 다들 기대가 많아.

회의 말미에 이사가 웃으며 말을 건넸다.

회장님 특별 지시니까 경거망동하지 말고 사소한 거 하나도 놓쳐서는 안 되네.

자리로 돌아오자 신입 사원부터 가까운 동료들의 응원이 이어졌다. 명치가 떨렸다. 얼마 만에 찾아온 기회인가. 손바닥은 땀으로 흥건했다. 그는 허벅지에 손을 문지르며 겸연쩍은 미소를 지었다. 이후 며칠 동안 야근의 연속이었다. 중국과 일본 환율 흐름을 수시로 체크해야 했다. 그러다 보면 어느새 미국과 유럽을 거쳐 전 세계 모든 금융 상황을 검토하고 있었다. 잠이 부족했지만 시간은 더 부족했다. 이쪽이 깨어 있으면 저쪽이 잠들어 있고, 이쪽에 해가 지면 저쪽에 해가 떴다. 계산기와 키보드를 두드리고 모니터에 결괏값을 기입할 때면 어느새 창밖이 밝아 오고 출근하는 직원들 소리가 들렸다.

그는 최종 프레젠테이션을 앞두고 쓰러졌다. 갑작스러운 복통이었다. 찌르는 듯한 통증이 아니라 복부 전체가 한꺼번에 내려앉는 느낌이었다. 식은땀이 이마를 덮으며 정신이 아득해졌다. 그는 바닥에 엎드려 손에 들린 발표 자료를 움켜쥐었다.

의사에게서 대장암 진단을 듣는 순간에도 그는 휴대전화를 들여다보고 있었다. 참석하지 못한 회의 결과가 신경 쓰였다. 승진이 코앞이었다.

검사 결과…… 대장암 말기입니다.

의사는 스스로에게 확인하듯 말했다. 그는 불쾌한 농담을 들은 듯 이마를 찌푸렸다. 의사의 말이 완전히 이해되기까지는 시간이 더 필요했다.

선생님, 괜찮으십니까?

의사가 다시 물었다.

그의 눈에는 수면 부족으로 인한 피로가 가득했다.

붉은 실을 뽑아내는 거미가 있다. 거미는 아주 작아 보이지 않을 정도다. 잠시 뒤 거미는 꽁무니에서 붉은 실을 뽑아낸다. 움직이기 시작한다. 거미는 지치지 않고, 그의 눈 위를 바쁘게 기어다닌다. 눈은 충혈되어 있을 것이다. 그는 고개를 돌렸다. 창가에 놓인 가습기에서 생크림 같은 수증기가 피어오르고 있었다.

지금으로선 달리 방법이 없습니다.

의사가 말했다.

수증기는 너무 부드럽고 따뜻해 보였다.

기록을 보니 이미 몇 달 전에 추가 검진이 필요하다는 의견이 전달되었을 텐데요. 그동안…….

저 구름을 베고 자고 싶다.

의사 목소리가 차츰 멀어졌다. 대신 벽에 걸린 시계 초침 소리가 크게 들렸다. 그것은 불행을 선고하는 망치처럼 매 순간 의식을 두드렸다. 무언가 잘못됐다. 이렇게 끝날 수는 없다. 마지막으로 숙면을 취한 게 언제였던가. 아무리 노력해도 기억나지 않는다. 하지만 이제 와서 무슨 소용인가.

선생님.

의사는 손바닥으로 책상 가장자리를 가렸다.

그는 고개를 돌렸다.

제가 드릴 수 있는 말씀은 다 드린 것 같습니다.

의사는 안경을 고쳐 쓰며 말했다.

고통을 덜어 주는 수준에서 약물 치료는 가능합니다만, 대부분 진통제 수준일 겁니다.

의사는 그의 얼굴을 보며 자신의 말이 제대로 전달되기를 기다렸다.

그는 자신에게 남은 시간을 알고 싶었다.

최대한 빨리 가족분들께 알리시고 주변을 정리하시는 게 좋겠습니다.

의사는 손깍지를 끼고 그의 몸 여기저기에 시선을 분산시켰다. 그는 환자의 감정에 쉽게 동요되지 않으려는 의사의 태도가 고마웠다. 진지하고 냉정한 말투가 오히려 위안이 되었다. 그는 진료실 문을 닫으며 '3개월'이라는 숫자를 마음에 담았다.

병원 복도를 걸으며 평소보다 숨을 크게 쉬었다. 가슴이 터

질 듯했다. 살균될 수 있다면, 이렇게 해서 몸이 깨끗해질 수 있
다면. 그는 흰죽을 먹듯이 한 숟가락씩 호흡했다.

미련은 없다. 대답할 수 없는 일들이 많았다. 그것에 일일이
책임을 물을 수는 없다. 지난밤 화장실을 다녀오다 소파에서
잠든 아내를 봤다. 오래전 출산휴가를 마친 뒤 아내는 금세 다
시 본래 직장으로 출근했다. 육아와 직장 생활을 병행하기에는
체력이 부쳤지만 그도 최선을 다했다. 잠이라도 편하게 자자며
각방 생활을 시작한 것이 벌써 10년 전이다. 이제 아이는 다 커
서 매번 귀가 시간이 늦어지지만, 그는 아내와 한방에서 자지
않는다. 아내도 혼자 자는 생활에 익숙해진 걸까.

텔레비전에서는 「세계테마기행」이라는 프로가 방영 중이었
다. 성우 멘트를 듣다 가슴이 두근거렸다. 자식이 크면서 함께
변변한 시간을 보내지 못했다. 이대로 괜찮은 건가. 나는 정말
이대로 괜찮은 건가. 그는 리모컨 전원 버튼을 눌렀다. 텔레비전
이 꺼지자 달빛이 드러났다. 거실 창으로 희고 맑은 달빛이 비
쳤다. 내일이면 아내에게 모든 걸 말할 수 있을까. 그는 잠든 아
내 옆, 그 네모난 빛 속으로 몸을 뉘었다.

나이트메어 앨리

밤이 되면 사물은 빛을 잃고, 인공의 빛으로 자신을 치장한다. 어둠을 밀어내는 힘은 저마다 다르다. 그때 거리는 생소한 어둠으로 가득했다. 잘 벼른 칼로도 잘라 낼 수 없을 만큼 완벽했다. 나는 비로소 만족했다.

*

길은 차도에서 골목으로 변해 갔다. 점점 좁아졌다. 마침내 잘 깎은 연필심처럼 길은 하나의 소실점을 향해 몰려들었다. 골목 경계가 차츰 좁아지고 어느새 차량에는 충돌 경고음이 울리기 시작했다. 신경을 긁는 소리가 연이어 울리더니 데시벨이 높아졌다. 반응하듯 심장박동도 빨라지고 있었다.

　순화동에서 금호동으로 가는 콜이었다. 계획은 이랬다. 금호동은 베드타운이긴 하지만 성수동이나 압구정으로 이동하기 용이한 곳이다. 버스를 한 번 더 타야 하지만 충분히 좋은 가격의 콜을 받을 수 있는 지역으로 이동할 수 있는 장점이 있다. 그런 계획으로 잡은 콜이었다.

　경고음 때문이었을까. 조수석에 잠들었던 차주가 눈을 뜨고 상체를 일으켰다. 남자는 잠시 눈을 비비더니 이리저리 주위를 둘러본다. 하지만 차창 밖으로 보이는 것은 눈앞까지 다가온 벽뿐. 남자는 눈에 보이는 생경한 모습에 잠시 할 말을 잃은 듯하다. 그러는 와중에도 충돌 경고음은 쉴 새 없이 울려 댄다. 공간이 좁다. 곧 부딪칠 것이다. 센서는 충실히 자기 역할을 다하고 있다. 더 접근하면 부딪친다. 하지만 뒤로 갈 수는 없다. 후진하기에는 너무 깊이 들어왔다. 룸미러를 확인한다. 뒤따르던 오토바이가 기다리고 있다. 어서 지나가기를, 내가 이 골목을 빠져나가기를 기다리고 있다. 혹은 가벼운 궁금증을 안고 내가 이 골목을 무사히 빠져나갈 수 있을지를 지켜보고 있다. 땀샘이 열리고, 허리 아래에서 굵고 묵직한 열기가 등줄기를 타고 오른다. 저 앞에 있는 좁은 구간만 지나면 다시 길은 넓어지리라. 눈앞에 높게 솟은 아파트 불빛이 확신을 줬다. 나는 기어를 저단으로 바꾸고 다시 액셀에 천천히 발끝을 올렸다. BMW 520d는 생각보다 보닛이 넓고 길었다. 우회전으로 빠져나가야 되는데 오른쪽 보닛 너머는 보이지 않았다. 순간적으로 골목길 너비와 차체의 면적을 비교해 봤다. 오른발에 조금 더 무게를 실었다. 핸들을 잡고 있는 손바닥이 미끄러웠다. 굵은 뱀을 잡고 있는 듯했다. 차츰 허벅지에 경련이 일고 어느 순간 겨드랑이가 서늘해졌다. 오른쪽 사이드미러를 통해 뒤쪽에 튀어나온 벽면이 보였다. 신경이 온통 한곳으로 쏠렸다. 마음이 급해지며 어서 이곳을 빠져나가야겠다는 생각이 들었다. 어느새 언덕 위로 좀 더 넓은 도로가 보였다. 적어도 2차선 도로에 차들이 지나고 있는 도로다. 몇 미터만 더 가면 이곳을 벗어나 저 도로로 진입할 수 있다.

핸들을 더 돌렸어야 했다. 오른쪽에 너무 신경을 집중한 나머지 왼쪽 공간을 생각하지 못했다. 액셀을 밟는 순간, 왼쪽 범퍼가 긁히는 소리가 차 안을 가득 메웠다.

드르르륵.

차주는 왜 이 길로 왔냐고 물었다. 금호터널을 통과해 바로 우회전하면 넓은 도로가 나온다는 말도 덧붙였다. 주차를 마치고 함께 파손 부위를 확인했다. 범퍼 아랫부분 페인트가 가로로 길게 벗겨졌다. 나는 무릎을 굽히고 앉아 생채기를 어루만지듯 페인트가 벗겨진 부분을 연신 쓰다듬었다. 달라질 건 없었다. 차주는 보험 접수를 요구했다.

지대가 높은 아파트 단지를 빠져나오며 상황실에 사고 사실을 알리고 추후 진행 상황을 문의했다. 보험 적용과 별도로 자기부담금 30만 원이 발생할 거라는 안내를 받았다. 통화 종료 버튼을 누르는 손가락이 떨렸다. 나는 손가락을 내려다보며 내가 왜 떨고 있는지 알 수 없었다. 연휴가 다가오는 금요일이었다.

꿈속에서 나는 여느 날과 다름없이 하염없이 콜을 기다리고 있다. 화면 속으로 빨려들 듯이 휴대전화로 고개를 숙이고 있다. 그러다 마침내 콜이 뜬다. 누구보다 빠르게 그 콜을 잡는다. 지도에서 고객이 있는 위치를 확인하고 이동하는 동시에 전화를 건다. 전화는 되도록 빨리 하는 게 좋으니까. 그런데 웬일인지 행인이 점점 늘어난다. 골목 어귀에서 쏟아지는 사람들이 길을 가득 메운다. 벌써 퇴근 시간인가. 사람들은 끊임없이 밀려든다. 걸음을 떼기 힘겨울 정도다. 고객에게 전화가 온다. 왜 이렇게 늦게 오냐고, 너는 지금 어디냐고 묻는다. 나는 순간 멍해져서 아무것도 대답할 수 없다. 내가 어디 있는지, 어디로 가야 하는지 알 수 없다. 사람들은 계속 밀려들고, 나는 앞으로 갈 수 없다. 차츰 단단한 벽에 눌린 것처럼 숨쉬기가 어려워진다. 팔을 휘젓고 고함을 지르지만 내 몸은 자꾸만 줄어든다. 사람이 이렇게 줄어들 수 있나 싶을 정도로 작아지는 거다. 이제 끝인가 싶을 때 눈이 떠지고, 눈을 뜨면 내 방 침대다. 나는 한

숨을 쉬고 다시 눈을 감는다. 오늘 밤에도 비슷한 꿈을 계속 꾸게 될 것 같은 예감이 든다.

내 머리와 다리는 어딘가에 물려 있다. 그것은 사나운 개의 어금니일 수도 있고, 차가운 프레스기인지도 모른다. 침대에 누운 나는 무력하게 나를 놓는다. 개는 침을 흘리고, 프레스기는 간격을 벌린다. 내 머리와 다리는 서로 멀어진다. 끝까지 조율된 현처럼 나는 팽팽해진다. 끊어질 듯하지만, 나는 안다. 끊어지지 않는다. 다만 끝없이 늘어나는 것이다. 알면서도 두렵다. 나는 서서히 몇 개의 다른 나로 분열된다. 사소한 자극에도 반응하며 흔들린다. 교감신경이 활성화된다. 동공이 커지고 입이 마른다. 맥박이 거칠게 날뛴다. 나는 확장되면서 수축한다. 잊었던 기억이 나를 훑고 지나간다. 나는 부정하고 반응하며 소리 낸다. 현은 끊어질 듯 떨리지만 목소리는 들리지 않는다.

내 마지막 내연기관

운전할 때는 항상 뒤를 살펴야 한다. 뒤에 누가 따라오는지 알고 있어야 한다. 뒤를 살핀다. 사이드미러엔 아무것도 보이지 않는다. 빈 도로만 길게 이어진다. 마음 놓고 핸들을 돌린다. 모든 건 너무 자연스러웠다.

*

징검다리 연휴가 다가오는 금요일. 늦은 시간까지 콜이 끊이지 않았다. 오랜만에 느끼는 흥분이었다. 어디에 도착하더라도, 어느 지역을 가더라도 프로그램을 켜면 콜이 있었다. 흔치 않은 일이다. 고민할 필요가 없었다. 대리기사 수에 비해 콜이 훨씬 많았다. 술 마시는 사람이 많다. 모임이 있고, 만남이 많다. 기회가 많다. 무언가 이뤄지고 있다. 대기하는 시간보다 차를 타고 운행하는 시간이 길다. 좋은 일이다. 일을 하고 싶어도 할 수 없던 시간들. 하염없이 콜이 뜨기를 기다리던 순간들이 빠르게 차 뒤로 지나갔다. 이런 기회는 흔치 않다. 기회가 있을 때 잡아야 한다. 다들 그렇게 생각한 모양이었다. 거리에서 만나는 기사마다 어디에 앉아 있는 모습보다 콜을 잡고 바쁘게 뛰어가는 경우가 많았다. 때마침 비가 내린다. 비가 오면 일을 쉬는 기사가 많다. 공급이 줄어들면 가격은 올라간다.

지난번 골목길 접촉 사고 이후 업체로부터 보험 심사에서 탈락했다는 연락을 받았다. 사고 기록 때문이겠지. 사고가 발생하면 대리운전 보험 심사에서 탈락하는 경우가 생긴다. 처음엔 단순히 보험료가 더 오르거나 하는 식으로 계속 진행될 줄 알았더니, 탈락이었다. '보험 심사에 탈락하여 한 달 뒤부터 일을 할 수 없습니다.' 정리하자면 이런 말이다. 나는 업체에서 보낸 문자메시지를 한동안 들여다보았다. 보험 적용이 안 되면 더 이상 이 일을 할 수 없다. 실업자가 된다. 해고통지서를 문자로 받은 셈이다. 그때 무리해서라도 잠든 차주를 깨워 길 안내를 받았어야 했다. 쓸데없는 배짱과 자존심이 문제였다. 그래도 사고 한 건으로 일을 못 하게 하는 건 너무한데. 보험회사로서는 손해를 최소화하겠다는 거겠지. 나 말고도 이 일을 하겠다는 사람은 계속 생길 테니까. 비록 보험 심사에서 떨어졌지만, 나에겐 아직 한 달의 시간이 있다. 그다음 일은 그다음에 생각하면 된다.

자유로가 막힌다는 말은 못 들었다. 차량이 많아도 이렇게까지 막힌 경우는 없었다. 갑작스럽게 내린 비 때문일까. 뒷좌석에 앉은 남자는 코를 골고 있다. 차가 왜 이리 막히지. 조급한 마음에 나도 모르게 주문처럼 혼잣말을 했다.

와이퍼가 쉴 새 없이 움직인다. 유리창에 빗물이 닿자마자 두 개의 와이퍼는 좌우로 떨고 있다. 드르륵. 드르륵. 고무가 경화된 것이리라. 소음이 유리창에 닿는다. 깨질 것 같다. 빗물은 도움이 되지 않는다. 틈이 생긴 것이다. 차 안에 소음만 가득하다. 이따금 들린다. 젖은 아스팔트를 주행하는 타이어의 미약한 마찰음. 그리고, 드르륵. 드르륵. 왼쪽에서 한 번, 오른쪽에서 한 번. 그것은 썰리지 않는 무언가를 자르는 소리다. 깔끔하게 썰리지 않는다. 빗물은 그렇다. 빗물은 볼륨을 가진다. 무언가 가득하다. 차가 막힌다. 하지만 저 차 앞에 무엇이 있는지 모른다. 내가 볼 수 있는 거리는 제한적이다. 그 너머는 볼 수 없다. 저 너머에 무언가 있는데 그것이 무엇인지 알 수 없다. 어둠 속에서 미등이 붉게 타오르며 나를 응시한다. 나는 그 불빛을 노려

본다. 피할 수 없다. 발끝에서 시작된 두려움이 어느새 허벅지를 타고 오른다. 간지럽다. 어둠 속에서 이제 막 부화한 새끼 뱀처럼 무수한 감각이 몸을 감싸기 시작한다. 눈앞에 선행 차량 후미등과 브레이크등이 번갈아 점멸한다. 마치 경광등처럼 쉴 새 없이 빛을 발하다 꺼졌다를 반복한다. 멀리서 사이렌 소리가 들린다. 가까워지지는 않는다. 하지만 분명히 들린다. 저 소리는 신경이 무너지고 있다는 걸 경고하고 있다. 속도를 줄이고, 심호흡을 했다. 반복되는 신호는 위험하다. 손끝에 맥박이 느껴졌다. 호흡이 가빠지고, 가슴이 눌리는 느낌이 들었다. 무언가 거대한 힘이 몸을 내리누르는 기운이 들었다. 기운이 안 좋다. 불길하다. 나는 조용히 조심스레 주먹을 쥐었다 폈다. 고개를 돌리고, 발목을 돌렸다. 어떻게든 몸을 움직이려 했다. 갇혀 있는 느낌이 들지 않도록 최대한 몸을 움직였다.

나는 갇혀 있는 게 아니다.

나는 단지 운전을 하고 있을 뿐이다.

나는 언제라도 이 자리를 벗어날 수 있다.

나는 이 사실을 내 몸에게 알려 줘야 한다. 차선을 변경하고, 라이트 불빛을 조절한다. 어깨를 움찔거리고, 고개를 돌린다. 손가락을 하나씩 움직여 본다. 불필요한 동작을 하면서 내가 그 동작을 무리 없이 할 수 있다는 것을 몸에게 알려 준다. 내가 보내는 신호가 제대로 전달되는지 알 수 없지만 내가 할 수 있는 일은 그것밖에 없다. 버틴다는 느낌보다 버티고 있음을 느끼지 못하게 하는 것이 중요하다. 그러는 동안에도 차는 움직이고 있다.

축소되는 느낌이다. 작아지고 있다. 어디까지? 씨앗이라면 어떨까? 겨자씨, 포도씨, 복숭아씨만큼 작아진다. 나는 자동차라는 껍질에 갇혀 있고, 그 껍질은 차츰 줄어든다. 그것은 말로 하지 않아도 알 수 있다. 느낌만으로 알 수 있다. 그렇지 않은가. 숨쉬기가 힘들다.

앞유리로 빗방울이 떨어진다. 기다렸다는 듯 와이퍼는 빗방울을 걷어 간다. 마침내 차가 멈췄다. 고개를 빼고 보니 멀리서부터 많은 차가 브레이크등을 밝히고 움직이지 않고 있다. 주차 기어를 넣고 브레이크페달에서 발을 뗐다. 남자는 여전히 잠에 취해 있다. 창문을 열어 공기를 환기시켰다. 잠시 동안 운전을 하지 않아도 된다. 차선 변경을 신경 쓰지 않아도 된다. 속도의 흐름에서 벗어날 수 있다. 나는 계기판을 살폈다. 핸들과 사이드미러, 센터페시아, 계기판, 공조 장치를 보았다. 대시보드 위에는 포켓몬 스티커가 나란히 붙어 있었다. 아마 남자의 아이가 붙였으리라. 나는 창문을 닫고, 공기 순환을 내기 모드로 조정한 뒤 에어컨을 한 단계 높였다.

장항IC를 지나 시내로 접어들었다. 차는 오른쪽으로 크게 회전했다. 직선 구간에 다다르면서 나는 서서히 핸들을 놓았다.

손바닥 안에서 회전하며 제자리로 돌아가는 핸들. 감촉이 익숙했다. 그러고 보니 차량 내부도 기시감이 들었다. 처음 주차장에서 차를 보았을 때부터 무언가 일렁이는 느낌이 들었다. 액셀감촉과 조향감에서도 이질감이 없었다. 다른 사람 차에서 이런기분은 오랜만이었다. 그 익숙하고 편안한 감정이 기억 속 어떤차를 떠올리게 했다. 차종이 달라도 쉐보레 계열 차들은 내부인테리어가 비슷하다. 기시감은 단지 그런 이유일 거라 생각했다. 정체가 풀리자 차들은 금세 속력을 높였다. 나도 차량 흐름을 맞춰 가속페달에 힘을 실었다. 엔진이 한 박자 늦게 반응했다. 이 느낌도 낯설지 않았다. 자유로를 빠져나와 일산동구 양지마을에 도착했다. 단지 내에는 지상 주차장이 대부분이다. 간신히 빈 공간을 발견하고 후진으로 접근했다. 주차를 마무리하고 키를 돌려 시동을 껐다. 자동차 키를 뽑아 들었을 때 확신할수 있었다.

미스틱이었다.

차 키에는 내가 붙인 스티커가 그대로 붙어 있었다. 사이드미러를 접었다. 나는 차에서 바로 내리지 못하고 좀 더 앉아 있다. 미스틱은 내 첫 차였다. 나는 미스틱을 타고 처음으로 자유로를 달렸다. 액셀을 밟으면 엔진은 한 박자 늦게 반응한다. 마치 정중하게 내 의도를 확인하는 듯했다. 가속하시겠어요? 조금 더 속력을 낼까요? 나는 고개를 끄덕인다. 잠시 후 차는 본격적으로 알피엠을 올리고 힘차게 앞으로 질주했다. 그날 돌아오는 길에 석양이 강물을 붉게 물들이는 걸 보았다. 차 안에서 듣는 빗소리도 좋았다. 철판을 두드리는 불규칙한 리듬 아래 누워 있으면 재즈 드러머의 스네어 솔로곡을 듣는 듯했다. 미스틱은 아내가 아플 때도 함께했다. 수술 하루 전날 입원하기 위해 집을 나설 때 아내는 미스틱 안에서 울었다. 나는 말없이 핸들을 꼭 움켜쥐었다. 미스틱은 부드럽고 차분하게 도로를 달려 우리를 병원까지 안내했다. 퇴원할 때까지 병원 지하주차장에서 우리를 기다렸다. 나는 간병인 침상이 불편할 때면 지하 주차장으로 내려가 미스틱 안에서 잠을 청하기도 했다. 선잠에서 깨어 눈을 뜨면 병원 지하 주차장은 넓고 고요했다. 푸르게 빛나는 비상구 표지가 깜빡일 때마다 그 심해를 향해 무수한 영혼이 가라앉고 있었다.

이대로 문을 열고 나서면 다시는 이 자리에 앉지 못한다. 밀폐된 차 안에는 아직 잠든 남자의 숨소리만 들린다. 자세한 사정은 알 수 없지만 미스틱은 이 남자에게 다시 팔린 것이다. 나는 핸들에 손을 얹어 본다. 다시 시동을 걸고 도로로 나가고 싶다. 비가 와도 좋고, 눈이 와도 좋다. 다시 어디든 달리고 싶었다. 나는 자동차라는 껍질에 갇혀 있는 게 아니었다. 그 안에 포함되어 있었다. 겨자씨, 포도씨, 복숭아씨처럼 아늑하고 단단한 꿈을 꾸는 것이다. 나는 핸들에 손을 올려놓고 그런 생각에 빠져 있었다.

아우, 벌써 도착했네.

무거운 신음 소리와 함께 남자가 잠에서 깨어났다. 나도 모르게 황급히 운전석 문을 열고 차에서 빠져나왔다. 뭉근한 습기가 얼굴을 감쌌다. 남자도 뒷좌석 문을 열고 밖으로 나왔다. 옅은 빗줄기가 날리고 있었다.

아, 한참 잤네. 덕분에 잘 왔습니다. 수고하셨어요.

남자가 말했다.

감사합니다.

나는 열쇠를 건네며 말했다.

기사님, 잠시만요.

열쇠를 받은 남자가 품 안으로 손을 집어넣더니 지갑에서 지폐 한 장을 꺼냈다.

가실 때 교통비 하세요.

남자가 말했다.

나는 두 손으로 그 돈을 받았다.

감사합니다.

나는 고개를 숙였다.

남자가 아파트 현관을 통해 안으로 들어가는 모습을 확인한 뒤 나는 우산을 펼쳤다.

아파트 입구를 향해 걷기 시작했다.

툭. 툭.

곧이어 우산 아래로 빗방울 부딪치는 소리가 들렸다. 지폐를 주머니에 넣고, 다시 대리운전 프로그램을 켰다. 나는 이제 자신을 지우는 데 익숙하다. 돈이 되는 콜과 그렇지 않은 콜을 구분한다. 사람이 많은 버스 안에서 콜을 잡고 고객과 통화하면서 스스럼없이 나를 대리기사라고 소개한다. 간혹 손님과 대화를 시작하면 어느새 팁을 생각한다. 내 취향과 기호는 손님에게 달려 있다. 내 종교는 기독교와 불교, 천주교 사이 그 어딘가에 있다. 어제는 보수의 신념을 신봉했지만, 오늘은 진보의 개혁을 지지한다. 상류층의 부정부패를 질타하면서도 마지막에는 내가 갖지 못한 그들의 자본과 권력을 은근히 욕망한다. 중산층과 서민은 언제나 성실하고 사회적 정의와 공동체 안정을 도모한다고 생각한다. 그렇지 않은가? 그렇다. 나는 그런 당신의 생각이 맞고 옳다고 맞장구친다. 당신 같은 사람이 있어 그래도 사회와 국가가 돌아간다고 한껏 기분을 맞춰 준다. 나를 비울수록 고민은 적어진다.

남자가 건네는 돈을 받고 나는 아무 고민 없이 고개 숙여 인사했다. 그리고 짧은 순간, 그 지폐가 5000원인지, 만 원인지 살폈다. 하지만 나는 코너를 돌아 걸음을 멈췄다. 그리고 뒤돌아 걷기 시작했다. 방금 내가 내렸던 그 자리에 미스틱은 그대로 서 있었다. 우산을 쓴 나는 그 앞에 선다. 무릎을 굽혀 운전석 뒤편

펜더를 살핀다. 그대로 있다. 초보 시절 운전이 서툴러 골목길을 빠져나오다 긁힌 자국이다. 오른쪽 사이드미러에도 스크래치 자국이 있다. 나름 지운다고 했지만, 흔적은 아직 남아 있다. 어느새 비가 그쳤는지 우산에서 아무 소리도 들리지 않는다. 나는 우산을 접어 한 손에 든다. 그사이 미스틱은 빗물에 젖어 있다. 차체 곡선을 따라 빗물이 흐르고 있다. 보닛에서 흘러내린 빗물이 헤드램프를 지나 범퍼를 지나 타이어까지 흐르고 있다. 다른 주인을 만났는지 몰랐지만 궁금했다. 방금 그 사람이 주인이겠지. 그는 차에서 담배를 피웠다. 그래도 내게 먼저 인사를 건넸고, 매너도 좋았다. 책임감이 강한 사람 같았다. 적어도 표면적으로는 그랬다. 그래서 더 마음에 걸렸다.

얼마나 지났을까. 구름이 걷히고 달빛이 드러나기 시작했다. 가로등 빛에 흩어지는 빗물이 부옇게 보였다. 습기를 머금은 달빛이었다. 나는 보닛을 짚어 보았다. 아직 따뜻했다. 그리고 운전석을 바라봤다. 그 자리에 앉아 있던 사람의 형상이 흐릿하게 지워졌다. 나는 손을 들어 얼굴을 한 번 쓸었다. 지금껏 내가 운전했던 차들을 떠올렸다. 그 안에서 보낸 시간과 내가 달렸던 도로와 스쳐 보낸 많은 풍경은 아직 그곳에 있을 것이다.

어쩌면 나는 미스틱을 여러 번 봤는지 모른다. 교차로에서 신호를 기다리고 있을 때, 길을 걷다가 무심코 도로를 쳐다봤을 때, 밥을 먹고 나온 거리에서 경적 소리에 고개 돌렸을 때,

상행선과 하행선에서, 수많은 한강의 다리 위에서 미스틱은 나를 스쳐 갔는지 모른다. 라이트 불빛을 반짝이며 내게 신호를 보냈을지도 모른다.

나는 아파트 출입구를 향해 걷기 시작했다. 아파트 입구 차단기가 열리고 들어서는 차들의 헤드라이트 불빛이 나를 환하게 비췄다. 그 불빛은 방지턱을 넘으며 공중으로 크게 한 번 솟구친 후 바닥으로 떨어졌다.

그때 휴대전화를 들고 있는 손안에서 진동이 느껴졌다. 콜이다. 나는 목적지를 확인하지도 않고 '수락' 버튼을 눌렀다. 잡았다. 고객은 1킬로미터 정도 떨어진 공영 주차장에 있다. 곧이어 고객에게 전화가 왔다.

"안녕하세요. 대리기사입니다."

"네. 안녕하세요. 그런데, 기사님 지금 어디 계세요?"

순간 나는 고개를 들어 주위를 둘러봤다. 나는 지금 어디 있는가. 알 수 없다. 방향을 잡을 수 없었다. 나는 고개를 돌려 기준이 될 만한 건물을 찾아 지도에 대입시켰다. 이 길이 맞을까? 확인하려는 순간 남자가 다시 물었다.

"여보세요? 기사님 지금 어디 계세요?"

나는 불빛이 환한 곳으로 무작정 달리기 시작했다.

작가의 말

거리의 문장은 거칠었다.
나는 주어를 지키느라 금세 지치곤 했다.

낯선 길을 만날 때마다 외투를 두르듯 시간을 덧입혔다.

기다리는 일에 익숙해지자 불확실한 것을 확인하고 싶었다.

소리 없는 불빛에 언 손을 가져다 대면
손금을 따라 무언가 지나갔다.

오늘, 교차로에서

신호가 한 차례 도는 동안

나는 손바닥을 펼쳐 내가 가지 못한 길을 떠올리고,

나머지 손바닥으로 그것을 덮었다.

맞은편에서 누군가 천천히 다가왔다.

우리는 서로를 알아봤다.

정기현 편집자와 신미나 시인에게 감사를 전한다.

주먹을 쥘 때마다 그들의 현명하고 다정한 시선을 떠올
린다.

2025년 봄, 이동욱

유령, 타자, 모빌리티

양윤의(문학평론가)

1 유령들, 밤거리를 배회하다

이동욱의 첫 번째 장편 소설 『핸들』은 대리기사의 시선으로 쓰인 옴니버스 소설이다. 대리기사의 체험담 사이사이에 21세기 서울의 풍속도가 아로새겨져 있다. 주인공 '나'는 직장을 그만두고 아내의 간병비 마련을 위해 아끼던 차를 팔았다. 끝내 '나'는 하루를 벌어 하루를 살아가는 플랫폼 노동자가 된다. 대리기사는 자본주의의 위계 구조에서 가장 아래 놓인 계급 가운데 하나다. 사람들은 '나'를 투명인간처럼 여기거나 보잘것없는 자로 대한다. "콜을 부른 사람들이 대리기사를 대하는 방식은 크게 두 가지다. 그들은 대리기사를 무시하거나 불신한다."(140쪽) '나'는 이 세계에서 가시화되지 않거나 신뢰받지 못하는 존재이다.

그것으로 끝이 아니다. '나'에게 부여된 '대리'라는 말에는 다음과 같은 의미가 부가되어 있다. 1)대리(代理): '나'는 운전자의 대신(代身)이다. 운전할 때에 '나'는 고객(차주)의 몸이 된다. 역할만을 대신하는 게 아니라 차주의 몸을 대신하는 것이다. 일종의 빙의인 셈이다. 대리기사에게 키를 맡긴 차주들은 두 개의 몸으로 분열한다. 2)대의(代議): '나'는 고객의 뜻을 대의하여 운전대를 잡는다. '나'는 국민의 뜻을 대표하는 의원과도 같다. 여러 사람이 의원을 통해 자신의 정치적 뜻을 이루듯, 여러 사람이 한 사람의 기사를 통해 자신의 목적지에 이른다. 비유컨대 '나'는 민주주의의 표상이다. 3)재현: '나'는 여러 대리기사들을 대표하는 한 사람이기도 하다. 이때 '나'는 차주들의 사연을 풀어내는 인물, 그들의 이야기를 재현하는 인물이다. 거기에 서술자인 '나'의 사연이 겹친다. 이 소설에는 대리기사들의 처지와 현황에 관한 상세한 설명이 자주 나오는데, 이는 '나'의 계급적인 성격을 보여 주는 사실적인 장치로 기능한다. 4)표상: 여러 사람을 대표하는 한 사람으로서 표상은 인물에게 복수성을 부여한다. '나'는 한 사람의 대리기사이면서 모든 대리기사이기도 하고, '나'가 만난 승객들은 개별적인 사람들이면서 '나'가 속한 계급이나 직업 혹은 수많은 사회적 지위를 대표하는 사람'들'(의사, 변호사, 외판원, 피디, 회사원 등)이기도 하다. 이로써 이 소설은 무수한 미상(未詳)의 장삼이사들의 삶을 소묘하는 인간극이 된다.

그러나 '나'는 그 무엇보다도 먼저, 유령이다. 이유는 여러 가지다. 첫째, 대리기사는, 자신이 제공하는 노동의 성격으로 인해 유령이 된다. "경제학에서는 서비스를 이렇게 정의한다. "생산물을 대상화하지 않으므로 시간적으로는 생산과 동시에, 공간적으로는 생산된 곳에서 소비되어야 한다." (……) '생산물을 대상화하지 않으므로' 나의 노동은 실체가 없다. 보이지 않는다. 그러므로 누군가에게 보여 줄 수도, 전달할 수도 없다. 단지 기척만으로 그곳에 존재할 뿐이다."(42~43쪽) 서비스업이란 대상화된 생산물을 내놓지 않는 업무, 생산하자마자 소비되는 업무를 말한다. 따라서 서비스업이란 '아무것도 생산하지 않음'을 생산하는 업무, 즉 무(無)를 낳는 업무다. 노동자는 노동을 통해서 존재를 보장받는 사람이다. '나'의 노동에 실체가 없다면, '나'의 존재 역시 실체를 보장받지 못할 것이다. 그래서 '나'는 기척만으로 존재하는 유령이 된다.

둘째, 대리기사는 한 개인으로서 존재하기를 멈춤으로써 유령이 된다. "이름을 버리고, 나이를 지운다. 마지막에는 자존심을 버린다. 핸들을 잡고 있는 동안 그 모든 것을 버린다. 그래야 운전에 집중할 수 있다. 상황을 받아들일 수 있다."(16쪽) 대리기사는 대리운전에 필요한 정보를 나누는 것 외에는 "고객과 대화하지 않는다."(17쪽) '나'는 다만 술 취한 고객의 각성한 몸을, 피곤한 차주의 건강한 몸을 대신하여 거기에 있을 뿐이다. 일을 할 때 '나'는 고객의 유령이다.

셋째, 대리기사는 목적지를 잃었다는 점에서도 유령이다. 모든 길은 인생의 비유다. 대리기사는 다른 이의 길에 올라타서는, 타인과 잠시 동행하다가 '나'의 길에서 이탈한다. '나'는 고객의 집(안)까지 함께 갈 수 없다. 운전석에서 내리면 '나'는 갈 곳 없는 유령이 된다. "사거리에서 나는 자주 방향을 잃는다. (……) 신호는 정확히 수신되지 못한다."(14쪽)

넷째, 대리기사는 모든 상호작용을 멈춤으로써 동승한 손님(게스트)마저 유령으로 만들어 버린다. 유령과는 대화를 나눌 수 없다. 우리는 '나'가 희미하게 거기에 있다는 사실을 알 뿐이다. '나'와의 모든 접촉은 강령술의 일종이다. "대리기사는 기본적으로 운전에 필요한 최소한의 동작과 조작만 가능하다. 음악을 바꿀 수 없고, 뒷좌석으로 고개를 돌릴 수 없다. 시선은 언제나 전방을 향해 있지만 또 다른 시선을 느낀다. 뒷자리에 앉아 내 뒤통수를 바라보는, 혹은 대시보드 위 휴대전화에 띄워 놓은 내비게이션을 쳐다보는 차주의 시선을 느낀다. 확인할 수 없지만 느낄 수 있다는 점에서 이건 마치 유령과 같지 않은가. 그렇다면 나는 유령과 함께 운전하고 있는 것인가."(32쪽) 대리기사는 뒷좌석의 시선을 느낀다. '나'는 그 시선을 마주 볼 수 없다. 볼 수 없으나 느낄 수 있다. 그렇게 차 안은 유령들의 집합소로 변한다.

이런 유령들이 밤거리를 배회하며 부름(콜)을 기다리고 있다. 유령들은 서로 간에도 만나지 않는다. 이들에게 공동체를 이루는 것이, 이를테면 "노조 설립이 어려운"(58쪽) 것은 이런 까닭이다. 그들은 각자 떠돌면서, 그들을 현세로 불러낼 호출을 기다릴 뿐이다. 이들이 태워 가는 차주 역시 유령의 족속이므로 이들에게는 존재감이 없다. '나'는 생각한다. 이 일은 "쓰레기 수거와 비슷하다. 혹은 배송 업무와 같다고 할 수 있다. 이 짐을 원래 있어야 할 곳으로 옮기는 것이다."(44쪽) 고객들은 회사에서 집으로, 혹은 회식 자리에서 2차 장소로, 그저 이리저리 옮겨지는 것이다. 그들은 컨베이어 벨트에 실린 수하물과도 같다. 자본주의의 이면을 폭로하는 유비로 이보다 나은 것을 상상하기는 어려울 것이다.

2 타자들, 이야기를 시작하다

유령인 내가 공동체를 이루지 못하는 이들, 즉 타자들을 만나서 그들의 이야기를 받아 적는다. 이 때문에 이 소설은 유령

작가의 글쓰기이기도 하다. 유령 작가는 대필 작가를 이르는 말이다. 다른 이의 사연을 대리 서술하는 작가와 다른 이의 차를 대리 운전하는 기사가 유비되는 것이다. 이 소설은 총 열일곱 개의 소제목으로 이루어져 있는데, 일종의 에세이처럼 가벼운 필체로 쓴 것 같지만, 실은 치밀한 기획 아래 배치되었다.

소설의 전반부에서는 대리기사인 '나'의 이야기가 주를 이룬다. '나'가 대리기사가 된 경위, '나'의 유년과 가족사, 대학과 직장 생활, 대리기사들의 현황, 대리기사들의 일과와 애환, 대리운전할 때의 마음가짐과 자세 같은 것들이 일인칭 시점으로 서술된다. 고객들에 대한 이야기도 일인칭 서술에 실려서, 다시 말해 '나'의 시선에서 에피소드로 처리되고 있다. 이 소설 전반부 이야기의 정점은 「내가 가장 예뻤을 때」다. 일인칭 자기 진술이 가닿을 수 있는 극점 가운데 하나인 시적인 진술을 제사(題詞)로 배치하고, 강변북로를 지나치며 만나게 되는 한강의 다리들로 인생의 국면을 유비하면서, 장의 끝에서 대리기사로 일하는 지금의 자리로 돌아오는 이 이야기는 그 자체로 아름다운 시-소설이다.

그러다가 이야기는 「인터뷰이」를 기점으로 바뀐다. 이 부분은 대리기사인 '나'가 대리운전 회사에 인터뷰이로 참여하여, 인터뷰어의 질문을 받고 그 대답으로 자신의 체험담을 풀어놓는 형식을 취하고 있는데, 그 형식의 독특함으로 인해서 후반부의 이야기들로 전환되는 '비틀기'의 지점이 된다. 여기를 지나면서부터 '나'의 자기 이야기('내가 나를 말하다.')는 '그들'의 자기 이야기('내가 그의 이야기를 듣다.')로 전환된다. 이것은 인터뷰를 통해서 '나'의 체험이 곧 타자의 이야기로 전환되기 때문이다. 이러한 비틀기를 통해 유령들이었던 대리기사와 고객은 드디어 대면하게 되는 것이다. 「인터뷰이」에서 비틀기의 형식이란 바로 이런 것이다. 1)'나'는 인터뷰어(인터뷰어 역시 이름을 드러내지 않는다는 점에서 또 다른 유령이다.) 앞에서 유령성을 벗고 비로소 모습을 드러낸다. 같은 방식으로 '나'의 체험담 속에서 손님들도 유령성을 벗고 '나'에게 말을 건다. 이런 식으로. "야! 너 뭐 하냐? (……) 운전 이따위로 할 거야?"(96쪽) 2)'나'는 인터뷰어와 대면함으로써, 비로소 독백을 하는 주체(이 소설 전반부에서 가장 자주 등장하는 목소리다.)에서, 대화하는 주체로 변모한다. 이것은 전반부에서 금지되었던 대리기사와 고객의 대면이 후반부에서는 가능해질 것임을 암시하는 것이다. 3)인터뷰이로서 대리기사인 '나'는 ('나'가 상대했던) 고객들처럼 자신의 이야기를 해야 한다. 이것은 이 소설의 마지막 장들에서 '나'가 관찰자가 아니라 주인공으로 나서게 되는 국면을 예비한다.

소설의 후반부에서는 여러 사람들의 사연이 그들의 입을 통해서 직접 전달된다. '나'는 점차로 관찰자 혹은 목격자가 되며, 때로는 숨은 서술자가 되기도 한다. 후반부의 여러 이야기는 독

립된 단편이나 콩트로 간주해도 전혀 손색이 없다. 「경찰과 변호사와 빈체로」의 일부(뒷부분)는 한 남자의 사연(남자는 성공한 중년이지만 이혼을 겪었다.)을 차 안에서의 대화와 정황으로 전달한다. 「흔들리는 꽃들 속에서」와 「네 손을 위한 판타지아」에서 전자는 여인의 시선(그녀는 20년 만에 만난 대학 선배에게 호감을 표하지만, 남자는 자동차 외판을 목적으로 그녀를 만났다.)으로, 후자는 남자의 시선으로(그는 방송국 PD인데, 차에 동승한 쇼 호스트와 내연 관계다.) 통속적인 연애담을 전달한다. 「신실한 당신의 이름은」은 더욱 독립적이어서, 대학 때 은사를 찾아간 한 사내의 사연을 겹으로 된 서술자(이 소설 속 이야기에서 '나'는 대리기사가 아니라 고객인 그 남자이며, 주인공은 오히려 모친상을 당한 교수다.)의 목소리로 전달한다. 「제7의 봉인」은 성공의 정점에서 대장암 판정을 받은 한 남자('김 부장')의 비극을 담담하게 따라간다.

소설을 이루는 마지막 세 편(「제7의 봉인」, 「나이트메어 앨리」, 「내 마지막 내연기관」)은 다시 '나'의 이야기인데, 자신의 감정이나 소회, 차창 밖의 풍경을 소묘하는 전반부의 일인칭 진술과는 상당히 다르다. 이 이야기들에서 '나'는 대리기사였기에 겪었음 직한, 대리기사가 아니었다면 경험할 수 없었을 사건들을 접한다. '나'가 과거의 인연과 재회하는 두 개의 이야기 — 대학 때 사귄 연인('그녀')과 재회하는 「그대의 영혼은 선택된 하나의 풍경」,

아꼈으나 팔 수밖에 없었던 차를 다시 만나는 「내 마지막 내연기관」 — 와 운전 중 사고로 인해 대리기사 일을 그만둘 위기에 처하게 된 사연을 전하는 「나이트메어 앨리」가 그것이다. 마지막 두 편에서 한 대목씩을 인용한다.

1) 나는 서서히 몇 개의 다른 나로 분열된다. 사소한 자극에도 반응하며 흔들린다.(「나이트메어 앨리」, 230쪽)

2) 나는 지금 어디에 있는가. 알 수 없다. 방향을 잡을 수 없었다. 나는 고개를 돌려 기준이 될 만한 건물을 찾아 지도에 대입시켰다. 이 길이 맞을까? 확인하려는 순간 남자가 다시 물었다.
"여보세요? 기사님 지금 어디 계세요?"
나는 불빛이 환한 곳으로 무작정 달리기 시작했다.(「내 마지막 내연기관」, 241쪽)

1)은 「나이트메어 앨리」의 마지막 부분이다. 운행 중에 '나'는 사고를 냈고, 보험 심사 결과를 기다리고 있다. 보험 심사에 탈락한다면? 보험 적용을 받을 수 없으니 대리기사 일을 할 수 없다. 그 경우 '나'는 실직하게 될 것이다. 따라서 이 이야기는 이 소설 전체를 완결하는 것이기도 하다. "나는 1년 차 대리운

전 기사다"(15쪽)로 소설을 시작했으니, 그것의 끝이 암시되어야 이야기가 완성된다. '나'는 (대리기사 일을 그만둘지도 모른다는) 그 불확실한 운명을 받아들이지 못해, 꿈속에서 분열한다. 자꾸 여러 사람이 된다. 대리기사로서 두 사람(차주와 운전자, 자연인과 대리기사)으로 분열했듯이. 그런데 마지막 이야기에서 '나'는 여전히 대리기사 일을 하고 있다. 그것은 한편으로는 이때가 아직 보험회사의 통보가 오기 전이기 때문이지만(그는 일종의 연옥에 처해 있다.), 대리기사가 상징하는 유령성 때문이기도 하다. 대리기사로서, '나'는 여전히 유령이 되어 보이지 않는 (또 다른 유령인) 고객을 찾아간다. 대리기사 일을 그만두면 '나'는 더이상 손님들의 사연도, 자신의 운행일지도 적을 수가 없게 될 것이다. 그것은 이야기 전달자로서의 작가 혹은 유령 작가의 일이 끝난다는 뜻이기도 하다. 따라서 '나'는 그 연옥의 시간 동안, 아니 그것을 넘어서도, 여전히 이야기 전달자로서 타인들(인물들)을 찾아갈 것이다.

3 핸들, 움직임과 정지를 가시화하다

이것은 이야기가 가야 할 혹은 갈 수 있는 두 갈래 길인데, 이 소설의 표제인 '핸들'에 관한 명상에서 이미 암시된 것이다.

손을 올려놓고 있으면 핸들의 모든 면을 만질 수 있다. 완벽한 원형이 그렇듯, 처음과 끝이 만난다. 마지막이라고 생각했던 곳에서 다시 시작한다. 정치적으로 좌우도 없고, 경제적으로 위아래도 없다. 이상적으로 평등하다.

유턴 구간을 빠져나오며 핸들에서 손을 살짝 놓는다. 손바닥 안에서 핸들이 돌아가며 제자리를 찾는다. 그때마다 내게서 무언가 빠져나간다.(「핸들」, 41쪽)

핸들은 꼬리를 문 뱀인 우로보로스다. 핸들은 끝없이 이어진다. 끝이 다시 시작이기 때문이다. 대리기사의 운행이 무한한 이동으로 특징지어지는 것처럼 말이다. 통상의 운전자에게는 목적지가, 다시 말해 끝이 있다. 집이나 회사에 당도하면 그는 운행을 멈출 것이다. 그러나 대리기사는 이동과 방황('자동차로 이동하다'와 '도보로 이동하며 다음 콜을 기다리다')을 끝낼 수 없다. 이 소설이 '나'로 시작해서 '나'로 돌아오는, '나'의 시작과 과거와 파국(실직)을 거쳐 현재(마지막 장면에서 '나'는 콜을 받아 이동한다.)로 돌아오는 원환의 구조를 갖는 것은 바로 이 핸들의 도상을 구조화한 것이다.

저 핸들을 잡고 있는 대리기사 '나'를 서술자로 삼는 순간, 이 소설에는 모빌리티가 장착된다. 모빌리티(mobility)란 움직임에 대한 개념이다. 피터 애디에 따르면, 모빌리티는 자동차, 비행기 등 다양한 이동 테크놀로지에 기초한 사람, 사물, 정보의 이동과 이를 가능하게 하는 테크놀로지 전반을 아우르는 개념이다. 공간, 도시, 물질, 노동과 자본의 변형, 권력의 생성, 사회적 관계의 이동까지 모두 모빌리티에 포함된다. 인간의 신체는 모빌리티를 실행함으로써, 의미와 권력을 생성하고 변형한다. 즉 모빌리티는 타인과 세계를 향한 지향이자 관계 맺기이다.* 끝없는 이동이, 속도감이, 가속화되는 변화가, 차창 밖에서 교체되는 무한한 장면들이 소설을 가득 채우는 것이다. 그래서 이 소설의 주인공을 유령인 대리기사나, (또 다른 유령이자) 타자인 고객들이 아니라 모빌리티라 부를 수도 있다. 서울이라는 도시, '나'를 기다리는 자로 만들고 '나'의 동선과 운명을 결정하는 콜, '나'의 방황과 배회의 원인인 것처럼 제시되는 GPS 신호, 장소성을 대표하는 지형지물, 동네와 구와 도시의 경계들, 비에 번들거리는 노면, 몸을 꿀렁거리게 만드는 과속방지턱, 속도를 줄이도록 만드는 기상 상황, 실핏줄처럼 연결되는 교량들, 차창을 가로지르는 불빛과 범퍼를 긁는 골목길과 내 앞에 끼어드는 다른 자동차들, 규칙적으로 풍경을 닦아 내는 와이퍼 등등. 이 모든 것이, 즉 인간-비인간이라는 거대한 네트워크가 모빌리티를 구성한다. 모빌리티에서 도출된 묘사는 이 소설의 곳곳에서 관찰

---

* 피터 애디, 최일만 옮김, 『모빌리티 이론』(앨피, 2019) 참고.

된다. 양극에 놓인 두 가지 흥미로운 사례를 살펴보자.

기억은 오래전이었지만, 감각은 매번 새롭다. 그날 이후 증상은 예고 없이 시작된다. 공간이 축소되고 있다. 아무도 나를 찾아오지 않는다. 이미 이곳에 너무 오래 있었다. 유감스럽게도 거주하는 사람으로서 나는 아무 권리를 갖지 못한다. 축소되는 느낌이다. 작아지고 있다. 어디까지? 씨앗이라면 어떨까? 겨자씨, 포도씨, 복숭아씨만큼 작아진다. 그것은 말로 하지 않아도 알 수 있다. 느낌만으로 알 수 있다. 그렇지 않은가.(「폐소공포증에 대한 소수 의견」, 30쪽)

이것은 '나'가 겪는 폐소공포증에 대한 묘사지만 속도에 대한 묘사이기도 하다. '나'는 "거주하는 사람"의 권리를 갖지 못했다. 이미 속도에 몸을 실었기 때문이다. 상대성이론이 우리에게 일러 주는 바에 따르면, (관측자가) 속도에 올라탔을 때 시간은 느리게 흐르고 공간(길이)은 축소된다. 따라서 "이곳에 너무 오래 있었다."는 느낌과 "겨자씨, 포도씨, 복숭아씨만큼" "축소되는 느낌"이 드는 것은 어쩔 수 없다.

타이어는 마치 맨홀처럼 보인다. 보고 있으면 정말 그렇게 보인다. 하지만 정작 맨홀은 타이어보다 한참 뒤에 있다. 맨홀

아래에는 도시의 오물이 지나는 배수관이 있다. 타이어는 완벽한 위장으로 자연스럽게 도로에 놓여 있다. 한때 속도를 관장하던 타이어는 이제 정지한 채 지상의 평화를 즐기는가. 오래된 권력을 잃고 물러난 폭군처럼 비루해 보이기도 한다.(「낙하물」, 9쪽)

도로에 놓인 타이어는 본래는 속도를 내는, 속도 위에 얹힌 사물이었다. 그러니까 타이어는 구를 때만 타이어다. 속도를 잃고 나자 그것은 "맨홀처럼 보인다." 상대성이론이 가르쳐 준 바에 따르면, 속도가 영(제로에 가깝게 수렴)이 되었을 때 시간은 빠르게 흐르고 공간은 확장된다. 타이어는 정지했을 때 맨홀처럼 커다란 부피를 숨긴 그 무엇이 된다.

이처럼 시공간은 속도(정확히는 빛의 속도)에 따라 서로 얽혀 있는, 상호적인 가변성의 지표다. 모빌리티의 비밀은 여기에 있다. 대리기사인 '나'는 이동할 때에는 택배/수하물을 운반하는 유령이며, 멈출 때에는 그 자신이 이동 중인 수하물, 나아가 차(vehicle) 그 자체가 된다. '나'가 고객이 주는 팁을 불편해하는 것도 이 때문이다. '팁'이란 노동의 대가가 아니라 거기에 따라 붙은 '잉여'이기 때문이다. 이미 서비스업이 무(無)를 생산하는 일인데, 무에 무엇인가가 덧붙는다? 그것은 이승의 소관이 아닐 것이다. 유령들이나 알아볼 유계(幽界)의 현금일 것이다.

서사란 모빌리티의 일종이다. 우리가 서사를 읽는다는 것은 거기서 모종의 속도감을, 이동성을, 빠르게 교체되는 사건과 장면을 경험한다는 것이다. 방금 읽은 소설의 첫 장면도 그렇지만, 이 소설의 전반부에서 시적인 묘사가 두드러지는 것은 서사를 얼마간 억누르고 얻어진 것이다. 핸들이 속도와 정지를, 시작과 끝을 상징한다는 것을 염두에 두면, 이 역시 모빌리티의 다른 얼굴임을 알 수 있다. 이동이 멈출 때, 속도가 섬세하게 늦춰질 때 소설은 한 편의 시처럼(작가가 뛰어난 시인이기도 하다는 사실을 기억하자.), 정지 화면처럼 내려앉는다. 질주하는 문장이 가속도를 높일 때, 소설은 빠르게 요약된, 점멸하는 인생들의 삽화들로 촘촘하게 채워진다. 따라서 이 소설은 시간의 두 지점(멈춤과 흐름), 운동의 두 양상(목표를 갖고 이동함, 그 사이의 체류, 대기, 지연, 엇갈림, 우연적인 만남, 인간의 고독, 욕망의 백터 등)을 가시화하고 있다. 새로운 시공간과 잡종적 존재론(인간-비인간, 존재-비존재, 생물-사물, 현세-유계 등의 네트워크)으로의 전환을 보여 주는 지표로서, 이 소설은 새로운 세계 하나를 열어 보이고 있다. 우리가 아는 노동과 계급적 차별과 도시라는 환등상 위에, 유령과 타자와 속도감을 없은 그러한 세계를 말이다.

핸들

1판 1쇄 찍음   2025년 4월 18일
1판 1쇄 펴냄   2025년 4월 25일

지은이   이동욱
발행인   박근섭, 박상준
펴낸곳   (주)민음사

출판등록   1966. 5. 19. 제16-490호
주소   서울특별시 강남구 도산대로1길 62(신사동)
            강남출판문화센터 5층 (우편번호 06027)
대표전화   02-515-2000 | 팩시밀리 02-515-2007
홈페이지   www.minumsa.com

ISBN   978-89-374-2883-8 03810

잘못 만들어진 책은 구입처에서 교환해 드립니다.